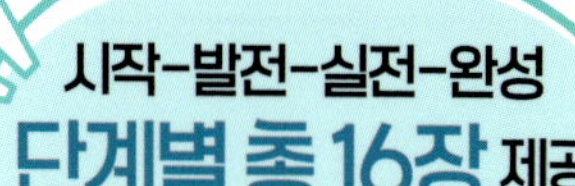

세계 위인
말하기 놀이카드

시작-발전-실전-완성
단계별 총 16장 제공
* 한 장씩 떼어서 사용하세요.

사용 방법

1. 바탕색이 같은 앞면의 네 장의 그림을 보고 이야기 순서대로 내용을 상상해 말해요.

2. 뒷면의 이야기를 읽고 자신이 상상한 이야기와 어떻게 다른지 확인해요.

3. 놀이 방법을 다양하게 생각해 재미있게 놀이해요.

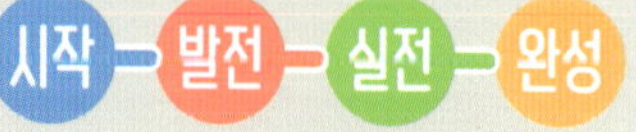

단계별 말하기 놀이 카드
제공 이야기

시작 단계 에디슨

발전 단계 테레사

실전 단계 구텐베르크

완성 단계 아인슈타인

테레사는 수녀원을 나와 인도 콜카타 거리에서 봉사하는 삶을 살기로 결심했어요.

4줄 요약독해 **말하기** **놀이카드**

에디슨은 어릴 때부터 호기심이 많고 실험과 만들기를 좋아했어요.

4줄 요약독해 **말하기** **놀이카드**

테레사는 '사랑의 선교 수녀회'를 만들어 봉사했어요.

4줄 요약독해 **말하기** **놀이카드**

청년이 되자 에디슨은 더욱 열심히 연구해 전화와 축음기를 발명했어요.

4줄 요약독해 **말하기** **놀이카드**

테레사
절정
이야기 3

테레사가 '죽음을 기다리는 사람들의 집'을 만들자 인도 사람들이 반대했지만 그녀의 봉사에 감동받아 물러갔어요.

4줄 요약독해 **말하기** **놀이카드**

에디슨은 끊임없이 연구해 전구를 발명했어요.

4줄 요약독해 **말하기** **놀이카드**

테레사
결말
이야기 4

테레사는 평생 사랑을 실천하여 '어머니 테레사'로 불리며 봉사의 본보기가 되었어요.

4줄 요약독해 **말하기** **놀이카드**

에디슨은 한평생 발명품을 만들었고, 재능보다 노력이 중요하다고 했어요.

4줄 요약독해 **말하기** **놀이카드**

세계 위인
말하기 놀이카드

아인슈타인 이야기 ❶ — 발단

아인슈타인은 독일에서 태어난 천재 물리학자예요.

4줄 요약독해 **말하기** **놀이카드**

구텐베르크 이야기 ❶ — 발단

구텐베르크는 인쇄 기술을 발명한 발명가예요.

4줄 요약독해 **말하기** **놀이카드**

아인슈타인 이야기 ❷ — 전개

아인슈타인은 시간과 공간에 대한 생각을 뒤흔드는 '상대성 이론'을 발표하여 사람들을 놀라게 했어요.

4줄 요약독해 **말하기** **놀이카드**

구텐베르크 이야기 ❷ — 전개

구텐베르크는 독일에서 인쇄 기술을 연구했어요.

4줄 요약독해 **말하기** **놀이카드**

아인슈타인 이야기 ❸ — 절정

아인슈타인은 과학을 무기가 아니라 평화를 만드는 데 써야 한다고 생각하고 국제기구를 만들었어요.

4줄 요약독해 **말하기** **놀이카드**

구텐베르크 이야기 ❸ — 절정

구텐베르크가 인쇄 기술을 발명하여 『42행 성서』를 찍어 냈어요.

4줄 요약독해 **말하기** **놀이카드**

아인슈타인 이야기 ❹ — 결말

아인슈타인은 과학 발전에 이바지한 위대한 물리학자로서 평화를 외쳤어요.

4줄 요약독해 **말하기** **놀이카드**

구텐베르크 이야기 ❹ — 결말

구텐베르크가 발명한 인쇄 기술은 문화와 과학 발전에 이바지하고 삶을 풍요롭게 했어요.

4줄 요약독해 **말하기** **놀이카드**

발단, 전개, 절정, 결말 부분을 한 줄씩 요약하여
네 줄로 이야기를 요약하는 문해력 훈련서

세계 위인

이젠교육

「4줄 요약독해」 사용 순서

글 1을 읽은 다음, 글 1에서 핵심어와 중심 내용이 무엇인지 확인하며 문제를 풀어 보아요.

글 2 ~ 4도 글 1과 같은 방법으로 해요.

학습일 01~25일

하루에 네 장씩 25일 동안 학습해요.

중요한 장면 미리 보기

중요한 대화나 생각을 미리 보여 주어 이야기를 읽기 전에 이야기에 흥미를 갖게 해요.

22일 행복한 왕자

중요한 장면 미리 보기

제비야, 내 몸에 붙은 황금을 떼어서 사람들에게 나누어 주겠니?

1 발단·전개·절정·결말 요약

발단 요약

문제 1
1에서 핵심어 알기

문제 2
1에서 중심 내용 알기

발단 요약

1 빈칸에 알맞은 핵심어를 쓰세요.
행복한 왕자, 광장을 ☐☐, 보석, 황금

2 빈칸에 알맞은 낱말을 쓰세요.
행복한 ☐☐는 광장을 지키는 동상으로 온몸이 보석과 황금으로 뒤덮여 빛남.

1 행복한 왕자는 어느 도시의 **광장**을 지키는 **동상**이에요. 푸른 보석 눈에 빨간 보석이 박힌 칼을 차고, 온몸 황금으로 뒤덮여 있어요. **글 1**

2 어느 날 제비가 행복한 왕자를 찾아왔어요. 행복한 왕자의 발 아래에 누워 자던 제비는 행복한 왕자가 흘린 눈물을 맞고 잠에서 깼어요.

"행복한 왕자님, 왜 우세요?"

"높은 곳에 서서 보니 **가여운** 사람들이 너무 많구나. 제비야, 내 칼자루에 박힌 보석을 빼서 아픈 아이를 돌보는 어머니에게 가져다주겠니?"

행복한 왕자는 제비에게 그다음 날에는 글 쓰는 가난한 **청년**에게 한쪽 눈 보석을 가져다주라고 했어요. **글 2** 그다음 날에는 다른 한쪽 보석 눈을 성냥을 파는 소녀에게 가져다주라고 했어요.

전개 요약

문제 1
2에서 핵심어 알기

문제 2
2에서 중심 내용 알기

전개 요약

1 빈칸에 알맞은 핵심어를 쓰세요.
행복한 왕자, 제비, ☐☐, 가여운 사람

2 빈칸에 알맞은 낱말을 쓰세요.
행복한 왕자는 ☐☐에게 자신의 보석을 빼서 가여운 사람들에게 가져다주라고 함.

낱말풀이
광장 많은 사람들이 모이는 도시 가운데에 있는 넓은 곳.
동상 사람이나 동물의 형상으로 만든 기념물.
가여운 마음이 아플 정도로 불쌍하고 딱한. 예 비에 젖은 고양이에게 **가여운** 마음이 들었다.
청년 젊은 남자.

2 발단·전개 요약/절정·결말 요약

낱말풀이

글 1, 2를 읽으며 어려운 낱말의 뜻을 알아보아요.

발단·전개 요약

3 글 1~2를 읽고 빈칸에 알맞은 낱말을 쓰세요.
행복한 왕자 동상은 온몸이 보석과 황금으로 뒤덮여 빛남. 행복한 왕자는 제비에게 자신의 보석을 빼서 ☐☐☐ 사람들에게 가져다주라고 함.

102 · 4줄 요약독해 완성 단계

발단·전개 요약

글 1, 2의 중심 내용을 요약해 보아요.

숲을 보고 나무를 본다
이야기를 발단·전개·절정·결말 구조에 요약하여
이야기의 흐름이 한눈에 보인다

공부한 날   월   일

❸ "제비야, 내 몸에 붙은 황금을 떼어서 사람들에게 나누어 주겠니?"

제비는 황금을 한 조 각씩 떼어서 가난한 사 람들에게 나누어 주었 어요. 제비는 추운 겨울 까지 황금을 나르느라 지쳐 버렸어요. 그러다가 행복한 왕자의 발 아래에서 숨을 거두었어요.

글 ❸

❹ 다음 날 **시장**이 **흉한** 모습으로 바뀐 행복한 왕자를 보았어요.

"당장 동상을 없애야겠어."

행복한 왕자를 불 ~~ **심장**만은 녹지 않았 어요. **천사**는 그 모습을 보고 행복한 왕자의 심장과 죽 은 제비를 하느님에게 가져갔어요. 그래서 행복한 왕자 와 제비는 하늘나라에서 영원히 행복하게 살았어요.

글 ❹

낱말풀이
시장 시를 다스리는 최고 책임자.
흉한 생김새나 태도가 마음에 들지 않거나 징그러운.
예 정원을 가꾸지 않아서 **흉한** 모습이 되었다.
심장 피를 핏줄로 온몸에 내보내는 신체 기관.
천사 하늘에서 내려와 인간에게 하느님의 뜻을 전하며 하느님과 인간을 이어 주는 심부름꾼.

절정 요약

1 빈칸에 알맞은 핵심어를 쓰세요.

제비, 황금, ☐ 을/를 거두었어요

2 빈칸에 알맞은 낱말을 쓰세요.
제비가 행복한 왕자의 몸에서 ☐ ☐ 을/를 떼어 가난한 사람들에게 가져다주고 숨을 거둠.

결말 요약

1 빈칸에 알맞은 핵심어를 쓰세요.

천사, 행복한 왕자의 ☐ ☐, 죽은 제비, 하느님

2 빈칸에 알맞은 낱말을 쓰세요.
천사가 행복한 왕자의 심장과 죽은 ☐ ☐ 을/를 하느님에게 가져감.

절정 요약

문제 1
❸ 에서 핵심어 알기

문제 2
❸ 에서 중심 내용 알기

결말 요약

문제 1
❹ 에서 핵심어 알기

문제 2
❹ 에서 중심 내용 알기

절정·결말 요약

3 글 ❸~❹를 읽고 빈칸에 알맞은 낱말을 쓰세요.
제비가 행복한 왕자의 몸에서 황금을 떼어 가난한 사람들에게 가져 다주다가 숨을 거둠. ☐ ☐ 이/가 행복한 왕자의 심장과 죽은 제비를 하느님에게 가져감.

「4줄 요약독해」 사용 순서

이야기를 네 장면으로 표현한 그림을 보고 이야기를 다시 한번 떠올려 보며 요약하기를 연습해요. 난이도는 단계별로 차츰 올라가요.

3

그림 요약

4

네 줄 요약

  요약 하는힘 쑥쑥

그림 요약 1 그림을 보고 ◯ 안에 이야기 차례에 알맞게 번호를 쓴 다음, ( ) 안에 알맞은 말을 쓰세요.

(1)

천사가 행복한 왕자의 (   )과/와 죽은 제비를 하느님에게 가져감.

(2)

행복한 왕자 동상은 온몸이 보석과 (   )(으)로 뒤덮여 빛남.

(3)

행복한 왕자는 제비에게 자신의 (   )을/를 빼서 가여운 사람들에게 가져다주라고 함.

(4)

(   )이/가 행복한 왕자 몸에서 황금을 떼어 가난한 사람들에게 가져다주다가 숨을 거둠.

네 줄 요약 2 다음은 「행복한 왕자」를 요약한 글입니다. 발단·전개·절정·결말 중 어느 부분이 빈 곳인지 두 군데 V표 한 다음, 빈 곳에 알맞은 내용을 쓰세요.

행복한 왕자 동상은 온몸이 보석과 황금으로 뒤덮여 빛났어요. 행복한 왕자는 ＿＿＿＿＿＿＿＿＿＿＿＿＿＿＿＿＿＿＿＿＿＿＿＿＿＿＿＿＿＿＿＿＿＿＿＿＿

그리고 제비가 행복한 왕자의 몸에서 황금을 떼어 가난한 사람들에게 가져다주다가 숨을 거두었어요. 그 뒤 ＿＿＿.

발단, 전개, 절정, 결말 단계를 한 줄씩 요약하여 총 네 줄로 이야기를 요약하는 훈련을 해요. 초등학생에 맞게 난이도는 단계별로 차츰 올라가요.

지문 이해

1 행복한 왕자와 비슷한 삶을 사는 인물을 찾아 ○표 하세요.

(1) 열심히 노력하여 시장이 되었다.

(2) 재산을 소중하게 여기고 잘 관리했다.

(3) 배고픈 사람들에게 음식을 나누어 주었다.

(4) 도시를 아름답게 꾸미려고 멋진 건물을 세웠다.

어휘 이해

2 다음 글자판에서 알맞은 낱말을 골라 □표 하고, 빈칸에 알맞은 말을 쓰세요.

제	비	동	보	흉
칼	광	상	석	하
시	장	가	엽	다
칭	년	조	횡	심
천	사	각	금	장

(1) 마음이 아플 정도로 불쌍하고 딱하다.

(2) 사람이나 동물의 형상으로 만든 기념물.

(3) 생김새나 태도가 마음에 들지 않거나 징그럽다.

(4) 많은 사람들이 모이는 도시 가운데에 있는 넓은 곳.

특장점

꼼꼼하게 읽고 **요약**하며
문해력의 기초를 다진다

이야기를 꼼꼼하게 읽을 수 있는 구성으로 아이들의 독서 습관을 바로잡아요

책을 읽고 읽은 내용을 잘 이해하고 기억하려면 어떻게 해야 할까? 먼저 책을 꼼꼼하게 읽어야 한다. 아이들이 책을 꼼꼼하게 읽게 할 수 있다면 아이들의 문해력은 당연히 올라갈 것이다. 그렇다면 어떻게 책을 꼼꼼하게 읽게 할 수 있을까? 그것은 바로 글의 구조를 파악하여 읽는 것이다. [4줄 요약독해]는 이야기를 '발단–전개–절정–결말'로 나누어 보여 주고 각 단계마다 핵심어와 중심 내용 문제를 풀게 함으로써 글을 꼼꼼하게 읽게 구성하였다.

'발단–전개–절정–결말' 구성이 한눈에 들어와요

[4줄 요약독해]는 글의 구조를 하나하나 나누어 보고 요약하는 책이 아니다. '발단–전개–절정–결말'을 직접 보고 글의 흐름을 느끼도록 훈련하는 책이다. 글의 구조에 관심을 가지면 글 전체를 한눈으로 보는 능력이 생긴다. 숲을 보면 나무를 볼 수 있는 것이다.

이야기 구조란 이야기에서 등장인물들이 벌이는 여러 사건들이 시간의 흐름이나 원인과 결과와 같은 관계로 얽혀져 있는 것을 말한다. [4줄 요약독해]는 직접 '발단–전개–절정–결말'의 구조를 보여 주어 초등학생도 쉽게 한눈으로 글의 구조를 알 수 있게 훈련한다.

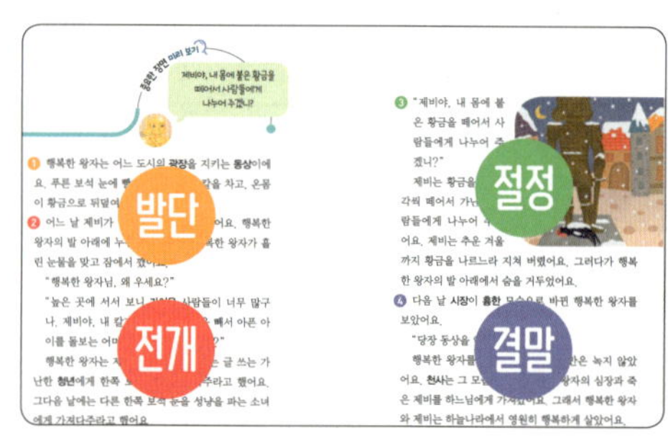

▲ 이야기의 구조를 시각적으로 훈련

▲ '발단–전개–절정–결말'의 구조 그래프

발단: 주요 인물과 시간적·공간적 배경과 같은 이야기 구성 요소들이 제시되며 사건이 시작되는 단계

전개: 인물 간의 갈등이 시작되는 부분으로, 본격적으로 사건이 발생하고 갈등이 일어나는 단계

절정: 사건 속의 갈등이 커지면서 긴장감이 가장 높아지는 단계

결말: 갈등이 해소되고 사건이 해결되는 이야기의 마무리 단계

핵심어와 중심 내용을 알아 가는 문제를 풀며 요약 훈련을 해요

어떻게 독서해야 기억에 오래 남을 수 있을까? [4줄 요약독해]는 '발단–전개–절정–결말'로 글의 구조를 나누어 글을 끊어 읽는다. 그리고 '발단–전개–절정–결말'의 순서대로 각 단계마다 핵심어와 중심 내용을 알아 가며 요약한다. 이렇게 각 단계를 요약하는 훈련을 하면 글의 전체 내용을 파악하기 쉽고 기억에 오래 남는다. 따라서 문해력이 저절로 커진다.

초등학생 수준에 맞는 쉽고 간단한 활동으로 요약하는 연습을 해요

[4줄 요약독해]는 독서할 때 중요한 부분에 표시하며 요약 정리하는 것을 적용하여 만든 책이다. 또한 초등학생이 꼭 읽어야 할 재미있는 이야기를 읽고 초등학생 수준에 맞는 쉽고 간단한 활동을 하며 요약하는 연습을 할 수 있게 구성하였다.

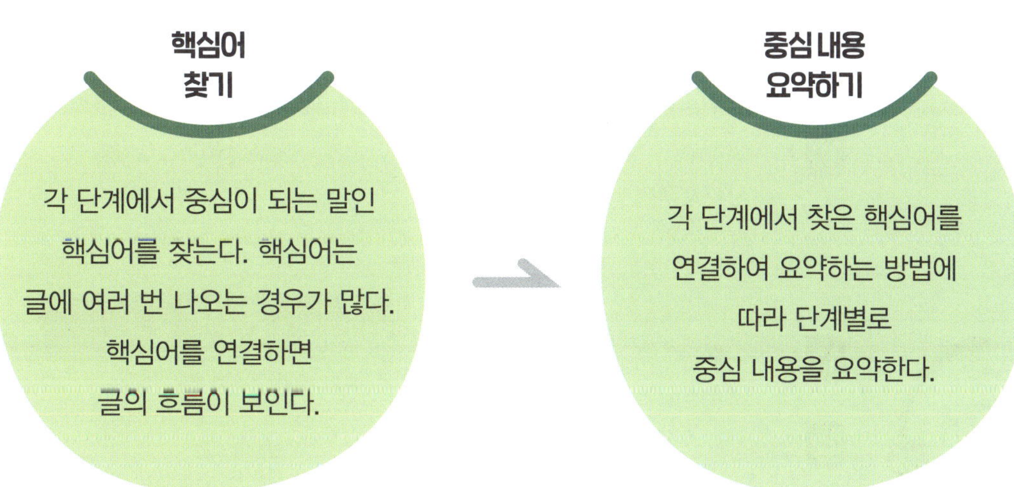

- 이야기 구조를 생각하며 각 단계에서 중요한 사건이 무엇인지 찾는다.
- 이야기 흐름에서 중요하지 않은 내용은 삭제하거나 간단히 쓴다.
- 중요한 사건이 일어난 원인과 그에 따른 결과를 찾는다.
- 여러 사건이 관련 있을 때에는 관련 있는 사건을 하나로 묶는다.

차례

시작 단계

5주 25일 완성

1~2주 학습 내용

⋮시작 단계 문제는 이렇게 풀어요

---

1 핵심어를 두 가지 찾아 ○표 하세요.

배 안 , (에디슨) , (호기심)

발단, 전개, 절정, 결말 **1번 문제**는 모두 핵심어를 두 가지 찾아 ○표 하기예요.

---

2 밑줄 친 낱말을 알맞은 낱말로 고쳐 쓰세요.

<u>징영실</u>은 어릴 때부터 호기심이 많고 실험과 민들기를 좋아함.

(에디슨)

발단, 전개, 절정, 결말 **2번 문제**는 모두 중심 내용에서 밑줄 친 낱말을 알맞은 낱말로 고쳐 쓰기예요.

---

3 글 **❶**~**❷**를 읽고 칸에 알맞은 낱말을 찾아 □표 하세요.

에디슨은 어릴 때부터 호기심이 많고 실험과 만들기를 좋아함. 청년이 되자 더 열심히 연구해

| 장 | 화 | , | 전 | 화 | 와

축음기를 발명함.

발단, 전개, 절정, 결말 **3번 문제**는 모두 칸에 알맞은 낱말을 찾아 □표 하기예요.

1 일 에디슨

천재란 1퍼센트의 재능과 99퍼센트의 노력으로 만들어집니다.

발단 요약 ─ 2의 중심 내용을 생각해 보면 핵심어를 알 수 있어요.

1 핵심어를 두 가지 찾아 ○표 하세요.

배 안 , 에디슨 , 호기심

2 밑줄 친 낱말을 알맞은 낱말로 고쳐 쓰세요.

장영실은 어릴 때부터 호기심이 많고 실험과 만들기를 좋아함.

( )

전개 요약

1 핵심어를 두 가지 찾아 ○표 하세요.

더욱 , 전화 , 축음기

2 밑줄 친 낱말을 알맞은 낱말로 고쳐 쓰세요.

청년이 되자 에디슨은 더욱 열심히 연구해 전화와 거중기를 발명함.

( )

---

1 "사람의 배 안에 가스를 넣으면 하늘을 날 수 있을까?"

에디슨은 어릴 때부터 **호기심**이 많고 엉뚱한 질문을 많이 했습니다. 그래서 초등학교를 다니지 못하고 어머니와 함께 공부했습니다. 에디슨은 어머니께서 꾸며 주신 실험실에서 마음껏 실험을 하고 만들기를 하며 호기심을 키워 나갔습니다.

2 청년이 되자 에디슨은 더욱 열심히 연구했습니다. '**전선**으로 소리를 전할 수 있을까?'

에디슨은 연구에 빠져들었습니다. 드디어 에디슨은 전선으로 사람의 목소리를 전하는 전화를 **발명했습니다.** 더 나아가 음악을 들려주는 **축음기**도 발명했습니다.

낱말 풀이

호기심 새롭고 신기한 것을 좋아하거나 모르는 것을 알고 싶어 하는 마음.

전선 전기가 흐르도록 만든 줄.

발명했습니다 아직까지 없던 기술이나 물건을 새로 생각해 만들어 냈습니다. 예 에디슨은 영화를 보여 주는 기계를 **발명했습니다.**

축음기 음반에 들어 있는 음을 그대로 다시 들리게 하는 장치.

발단 전개 요약

3 글 **1**~**2**를 읽고 칸에 알맞은 낱말을 찾아 □표 하세요.

에디슨은 어릴 때부터 호기심이 많고 실험과 만들기를 좋아함.

청년이 되자 더욱 열심히 연구해 장 화 , 전 화 와 축음기를 발명함.

❸ "전기로 어두운 밤을 환하게 밝힐 수 있을까?"

에디슨은 전구를 발명하려고 노력했습니다. 어려움이 많았지만 **포기하지** 않고 전구에 들어갈 **재료**를 끊임없이 연구해 드디어 전구를 발명했습니다.

❹ 에디슨은 **한평생** 발명품을 만들어 우리 생활을 편리하게 해 주고 산업을 발전시켰습니다. 에디슨은 자신을 천재라고 부르는 사람들에게 **말했습니다.**

"천재란 1퍼센트의 **재능**과 99퍼센트의 노력으로 만들어집니다."

에디슨의 발명품은 꾸준한 노력의 결과라는 것을 에디슨은 그의 삶으로 보여 주었습니다.

낱말 풀이

포기하지 하려던 일을 도중에 그만두어 버리지.
재료 물건을 만들 때 그것의 바탕이 되는 것.
한평생 살아 있는 동안.
재능 어떤 일을 하는 데 필요한 재주와 능력. 〔예〕 화가 이중섭은 그림 그리기에 **재능**을 타고났다.

절정 요약

1 핵심어를 두 가지 찾아 ○표 하세요.

전구 , 어려움 , 발명

2 밑줄 친 낱말을 알맞은 낱말로 고쳐 쓰세요.

에디슨은 끊임없이 연구해 <u>자동차</u>를 발명함.

(   )

결말 요약

1 핵심어를 두 가지 찾아 ○표 하세요.

발명품 , 1퍼센트 , 노력

2 밑줄 친 낱말을 알맞은 낱말로 고쳐 쓰세요.

에디슨은 한평생 발명품을 만들었고, <u>성격</u>보다 노력이 중요하다고 함.

(   )

절정 결말 요약

3 글 ❸～❹를 읽고 칸에 알맞은 낱말을 찾아 □표 하세요.

에디슨은 끊임없이 연구해 전구를 발명함. 에디슨은 한평생 발명품을 만들었고, 재능보다 | 능 | 력 | , | 노 | 력 | 이 중요하다고 함.

요약하는 힘 쑥쑥

1 그림을 보고 ◯ 안에 이야기 차례에 알맞게 번호를 쓴 다음, ( ) 안에 알맞은 말을 쓰세요.

(1)

에디슨은 끊임없이 연구해 전구를 발명함.

(2)

에디슨은 어릴 때부터 ( ) 이/가 많고 실험과 만들기를 좋아함.

(3)

에디슨은 한평생 ( )을/를 만들었고, 재능보다 노력이 중요하다고 함.

(4)

청년이 되자 에디슨은 더욱 열심히 연구해 전화와 축음기를 발명함.

2 다음은 「에디슨」을 요약한 글입니다. 발단·전개·절정·결말 중 V표 한 부분이 빈 곳입니다. 다음 빈 곳에 알맞은 내용을 쓰세요.

에디슨은 어릴 때부터 호기심이 많고 실험과 만들기를 좋아했어요. 청년이 되자 에디슨은 더욱 열심히 연구해 전화와 축음기를 발명했어요. 또 끝까지 포기하지 않고 끊임없이 연구해 _______________________________ _______________________. 에디슨은 한평생 수많은 발명품을 만들었고, 재능보다 노력이 중요하다고 했어요.

지문이해

1 에디슨에게 본받을 점으로 알맞은 것을 찾아 ○표 하세요.

(1) 천재가 되는 방법을 글로 남겼다.

(2) 발명하는 방법을 친절하게 알려 준다.

(3) 끝까지 포기하지 않고 끊임없이 노력한다.

(4) 엉뚱한 질문을 하여 사람들을 즐겁게 한다.

어휘이해

2 다음 주머니에서 알맞은 낱말을 골라 빈 곳에 쓰세요.

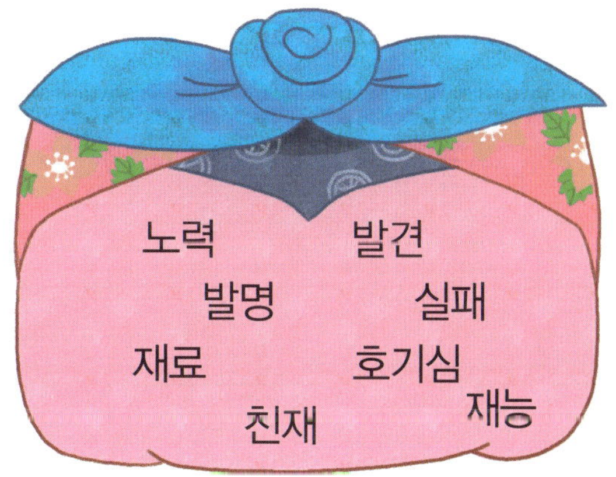

(1) 과학자가 우주선을 ______________했다.
아직까지 없던 기술이나 물건을 새로 생각하여 만들어 낸.

(2) 종이접기에 필요한 ______________은/는 색종이이다.
물건을 만들 때 그것의 바탕이 되는 것.

(3) 나비 박사 석주명은 처음 보는 나비에 ______________을/를 느꼈다.
새롭고 신기한 것을 좋아하거나 모르는 것을 알고 싶어 하는 마음.

(4) 저 유명 가수는 어릴 때부터 노래 부르기에 ______________이/가 있었다.
어떤 일을 하는 데 필요한 재주와 능력.

콜럼버스

발단 요약

1 핵심어를 두 가지 찾아 ○표 하세요.

콜럼버스 , 마을 , 항해

2 밑줄 친 낱말을 알맞은 낱말로 고쳐 쓰세요.

콜럼버스는 어릴 때부터 바다를 항해하고 싶어 했고 <u>스위스</u>를 궁금해함.

( )

전개 요약

1 핵심어를 두 가지 찾아 ○표 하세요.

인도 , 지구 , 새로운 길

2 밑줄 친 낱말을 알맞은 낱말로 고쳐 쓰세요.

콜럼버스는 <u>이탈리아</u>로 가는 새로운 길을 찾고 싶었음.

( )

① 콜럼버스는 이탈리아 바닷가 마을에서 태어났습니다. 어릴 때부터 바다를 좋아했고 넓은 바다를 **항해하고** 싶었습니다. 마르코 폴로가 중국을 여행하고 쓴 『동방견문록』을 즐겨 읽으며 **아시아**를 궁금해했습니다.

② 콜럼버스는 인도로 가는 새로운 길을 찾고 싶었습니다.

'지구는 둥그니까 **대서양**을 건너 서쪽으로 가면 인도에 닿을 거야.'

사람들은 그의 생각을 비웃었지만 그는 뜻을 굽히지 않았습니다.

낱말 풀이

항해하고 배를 타고 바다 위를 다니고. 예 그 배는 파도가 일지 않아서 편안하게 **항해하고** 있다.

아시아 지구 동북쪽에 있는 여섯 개 큰 땅의 하나.

대서양 유럽·아프리카 대륙과 남·북아메리카 대륙을 나누는 큰 바다. 오대양의 하나임.

발단 전개 요약

3 글 **①**~**②**를 읽고 칸에 알맞은 낱말을 찾아 □표 하세요.

| 콜 | 럼 | 버 | 스 | , | 헬 | 렌 | 켈 | 러 | 는 어릴 때

부터 바다를 항해하고 싶어 했고 아시아를 궁금해함. 콜럼버스는 인도로 가는 새로운 길을 찾고 싶어 함.

❸ 드디어 1492년, 에스파냐 이사벨라 여왕의 도움으로 콜럼버스는 항해를 시작했습니다. 항해한 지 며칠이 지나도 땅이 보이지 않자 뱃사람들은 불안해했습니다. 그들은 배를 돌려 당장 돌아가자고 소리쳤습니다. 콜럼버스는

"삼 일 안에 땅이 나타나지 않으면 돌아갑시다!"라고 약속했습니다. 삼 일만에 드디어 땅이 보이자 콜럼버스와 뱃사람들은 기쁨에 겨워 만세를 불렀습니다.

"와! 드디어 땅이 보인다. 만세!"

콜럼버스는 그 땅을 인도라고 생각하고 '산살바도르'라고 이름 붙였습니다.

❹ 콜럼버스가 세상을 떠난 뒤 **탐험가** 아메리고 베스푸치는 그 땅이 인도가 아니라 아메리카 **대륙**임을 밝혀냈습니다. 콜럼버스가 아메리카 대륙을 **발견**함으로써 전 세계에 새로운 역사가 펼쳐졌습니다.

낱말풀이
탐험가 위험을 무릅쓰고 어떤 곳을 찾아가서 살펴보고 조사하는 일을 전문으로 하는 사람. 예 **탐험가**들은 사람들이 가 보지 않은 땅을 가 보고 싶어 한다.
대륙 바다로 둘러싸인 크고 넓은 땅.
발견 이제까지 찾아내시 못했거나 세상에 알려시시 않은 것을 처음으로 찾아내거나 알아내는 것.

절정 요약

1 핵심어를 두 가지 찾아 ○표 하세요.

항해 , 당장 , 산살바도르

2 밑줄 친 낱말을 알맞은 낱말로 고쳐 쓰세요.

콜럼버스는 항해해서 인도를 발견한 줄 알고 그 땅을 '아메리카'라고 이름 붙임.

(   )

결말 요약

1 핵심어를 두 가지 찾아 ○표 하세요.

콜럼버스 , 아메리카 대륙 , 전 세계

2 밑줄 친 낱말을 알맞은 낱말로 고쳐 쓰세요.

콜럼버스가 세상을 떠난 뒤 아시아 대륙을 발견한 것이 밝혀짐.

(   )

절정 결말 요약

3 글 ❸~❹를 읽고 킨에 알맞은 낱말을 찾아 □표 하세요.

콜럼버스는 항해를 해서 인도를 발견한 줄 알고 '산살바도르'라고 이름 붙임. 콜럼버스가 세상을 떠난 뒤 | 아 | 메 | 리 | 카 | ,

| 아 | 프 | 리 | 카 | 대륙을 발견한 것이 밝혀짐.

 요약 하는힘 쑥쑥

1 그림을 보고 ◯ 안에 이야기 차례에 알맞게 번호를 쓴 다음, (   ) 안에 알맞은 말을 쓰세요.

(1)

콜럼버스는 어릴 때부터 바다를 항해하고 싶어 했고 아시아를 궁금해함.

(2)

④

콜럼버스가 세상을 떠난 뒤 아메리카 대륙을 발견한 것이 밝혀짐.

(3)

콜럼버스는 (   )을/를 해서 인도를 발견한 줄 알고 그 땅을 '산살바도르'라고 이름 붙임.

(4)

②

콜럼버스는 (   )(으)로 가는 새로운 길을 찾고 싶었음.

 네줄 요약

2 다음은 「콜럼버스」를 요약한 글입니다. 발단·전개·절정·결말 중 V표 한 부분이 빈 곳입니다. 다음 빈 곳에 알맞은 내용을 쓰세요.

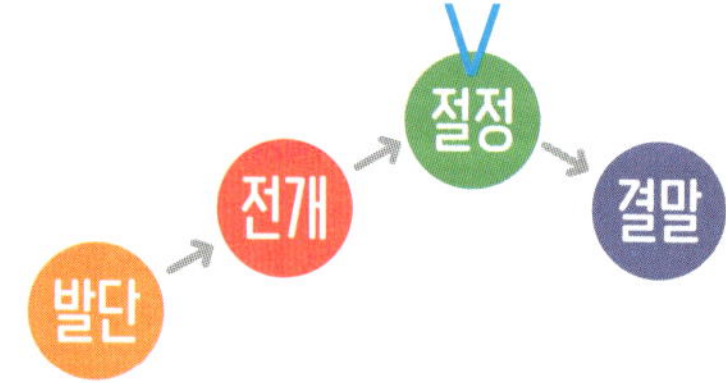

　콜럼버스는 어릴 때부터 바다를 항해하고 싶어 했고 아시아를 궁금해했어요. 콜럼버스는 인도로 가는 새로운 길을 찾고 싶었어요. 그는 항해를 해서 인도를 발견한 줄 알고 그 땅을 ________________________________
____________. 그가 세상을 떠난 뒤 아메리카 대륙을 발견한 것이 밝혀졌어요.

독해 하는힘 쑥쑥

지문이해

1 콜럼버스가 한 일로 알맞은 것을 찾아 ○표 하세요.

(1) 『동방견문록』을 썼다.

(2) 아메리카 대륙을 발견했다.

(3) 인도에 새로운 물건을 전해 주었다.

어휘이해

2 다음 글자판에서 알맞은 낱말을 골라 □표 하고, 빈칸에 알맞은 낱말을 쓰세요.

팀	구	아	시	아
험	인	발	여	왕
가	도	견		
중	국		바	대
항	해	하	다	륙

(1) 배를 타고 바다 위를 다니다.

(2) 바다로 둘러싸인 크고 넓은 땅.

(3) 위험을 무릅쓰고 어떤 곳을 찾아가서 살펴보고 조사하는 일을 전문으로 하는 사람.

(4) 이제까지 찾아내지 못했거나 세상에 알려지지 않은 것을 처음으로 찾아내거나 알아내는 것.

발단 요약

1 핵심어를 두 가지 찾아 ○표 하세요.

슈바이처 , 날마다 , 어려운 사람

2 밑줄 친 낱말을 알맞은 낱말로 고쳐 쓰세요.

슈바이처는 어린 시절 <u>똑똑한</u> 사람을 돕겠다는 결심을 함.

( )

전개 요약

1 핵심어를 두 가지 찾아 ○표 하세요.

아프리카 , 그래서 , 환자

2 밑줄 친 낱말을 알맞은 낱말로 고쳐 쓰세요.

청년이 되어 아프리카 랑바레네에 <u>도서관</u>을 세우고 환자들을 돌봄.

( )

---

1 학교를 마치고 집으로 돌아오는 길에 친구 게오르크가 슈바이처에게 싸움을 **걸었습니다**. 게오르크가 싸움에서 지자

"너는 날마다 고기를 먹어서 나를 이긴 거야."

라고 소리쳤습니다. 슈바이처는 이날부터 고기를 먹지 않았습니다. 세상에는 자신보다 **형편**이 어려운 사람들이 많다는 것을 느끼고 그런 사람을 도와야겠다고 마음먹었습니다.

2 청년이 되어 슈바이처는 아프리카 사람들이 의사와 병원이 없어 **목숨을 잃는다**는 소식을 들었습니다.

'아프리카로 가서 사람들의 목숨을 구하자.'

그래서 아프리카 랑바레네에 작은 병원을 세우고 **환자**들을 정성껏 돌보기 시작했습니다.

낱말 풀이

걸었습니다 다른 사람을 향해 먼저 어떤 행동을 했습니다.
형편 살림살이의 모양이나 상태. 예 아버지의 사업이 잘되어서 우리 집 **형편**이 작년보다 나아졌다.
목숨을 잃는다 '죽다'의 부드러운 뜻.
환자 병들거나 다쳐서 치료를 받아야 할 사람.

발단 전개 요약

3 글 **1**~**2**를 읽고 칸에 알맞은 낱말을 찾아 □표 하세요.

슈바이처는 어린 시절 어려운 사람을 돕겠다는 결심을 함. 청년이 되어 아프리카 랑바레네에 병원을 세우고 | 의 | 사 | 들 | ,

| 환 | 자 | 들 | 을 돌봄.

❸ 수많은 아프리카 환자들이 병원에 몰려왔지만 병실과 **약품**이 부족하여 많은 환자들을 치료하기 힘들었습니다. 슈바이처는 아프리카 사람들과 함께 힘을 모아 병원을 크게 짓고 치료에 힘썼습니다.

"슈바이처는 우리의 병을 고쳐 주는 **마법사** 같아."

아프리카 사람들은 그를 존경하며 따랐고, 전 세계 사람들도 큰 감동을 받았습니다.

❹ 슈바이처는 평생 동안 생명을 **존중하고** 봉사하는 삶을 실천했습니다. 그 결과 1952년에 노벨 평화상을 받았습니다. 지금까지도 그는 '아프리카의 **성자**'로 불리며 존경받습니다.

낱말 풀이

약품 병이나 상처 따위를 고치거나 예방하려고 먹거나 바르거나 주사하는 물질.
마법사 신비한 힘으로 신비한 일을 하는 사람.
존중하고 높이어 귀중하게 대하고. 예 부모님의 말씀을 존중하고 따르자.
성자 지혜와 덕이 매우 뛰어나 길이 우러러 본받을 만한 사람.

절정 요약

1 핵심어를 두 가지 찾아 ○표 하세요.

병원 , 치료 , 함께

2 밑줄 친 낱말을 알맞은 낱말로 고쳐 쓰세요.

슈바이처는 아프리카 사람들과 함께 병원을 크게 짓고, 농<u>사</u>에 힘써 존경을 받음.

(   )

결말 요약

1 핵심어를 두 가지 찾아 ○표 하세요.

생명을 존중 , 봉사하는 삶 , 결과

2 밑줄 친 낱말을 알맞은 낱말로 고쳐 쓰세요.

슈바이처는 생명을 <u>싫어하고</u> 봉사하는 삶을 실천해서 노벨 평화상을 받음.

(   )

절정 결말 요약

3 글 ❸~❹를 읽고 칸에 알맞은 낱말을 찾아 □표 하세요.

슈바이처는 아프리카 사람들과 함께 병원을 크게 짓고 치료에 힘써 존경을 받음. 평생 동안 생명을 존중하고 | 봉 | 사 | ,

| 연 | 구 | 하는 삶을 실천해서 노벨 평화상을 받음.

 요약하는힘 쑥쑥

그림요약

1 그림을 보고 ◯ 안에 이야기 차례에 알맞게 번호를 쓴 다음, ( ) 안에 알맞은 말을 쓰세요.

(1)

아프리카 사람들과 함께 병원을 크게 짓고 치료에 힘써 존경을 받음.

(2) ④

( )을/를 존중하고 봉사하는 삶을 실천해서 노벨 평화상을 받음.

(3)

슈바이처는 어린 시절 어려운 사람을 돕겠다는 결심을 함.

(4) ②

청년이 되어 ( ) 랑바레네에 병원을 세우고 환자들을 돌봄.

네줄요약

2 다음은 「슈바이처」를 요약한 글입니다. 발단·전개·절정·결말 중 V표 한 부분이 빈 곳입니다. 다음 빈 곳에 알맞은 내용을 쓰세요.

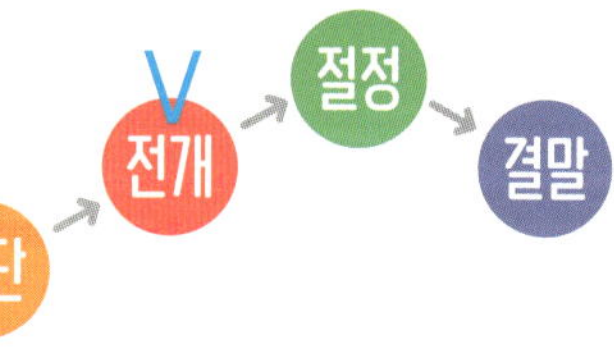

　슈바이처는 어린 시절 어려운 사람을 돕겠다는 결심을 했어요. 청년이 되어 아프리카 랑바레네에 병원을 세우고 ________________________ ________________________. 그 뒤, 아프리카 사람들과 함께 병원을 크게 짓고 치료에 힘써 존경을 받았어요. 그는 평생 동안 생명을 존중하고 봉사하는 삶을 실천해서 노벨 평화상을 받았어요.

지문이해

1 슈바이처가 삶에서 가장 중요하게 생각한 점으로 알맞은 것을 찾아 ○표 하세요.

(1) 지식을 많이 쌓아야 한다.

(2) 생명을 소중하게 돌보아야 한다.

(3) 다른 사람에게 칭찬을 받아야 한다.

(4) 전 세계에 자신의 이름을 알려야 한다.

어휘이해

2 같은 색의 글자 카드를 연결해 다음 뜻에 알맞은 낱말을 빈칸에 쓰세요.

법	환	마	중

자	자	존	성	사

(1) 높이어 귀중하게 대하다.　□□하다

(2) 신비한 힘으로 신비한 일을 하는 사람.　□□□

(3) 병들거나 다쳐서 치료를 받아야 할 사람.　□□

(4) 지혜와 덕이 매우 뛰어나 길이 우러러 본받을 만한 사람.　□□

라이트 형제

발단 요약

1 핵심어를 두 가지 찾아 ○표 하세요.

라이트 형제 , 하늘을 나는 기계 , 굳게

2 밑줄 친 낱말을 알맞은 낱말로 고쳐 쓰세요.

라이트 형제는 <u>천장</u>을 나는 기계를 만들기로 다짐함.

(   )

전개 요약

1 핵심어를 두 가지 찾아 ○표 하세요.

머리 , 동력 비행기 , 플라이어 호

2 밑줄 친 낱말을 알맞은 낱말로 고쳐 쓰세요.

라이트 형제는 <u>춤추는</u> 비행기 플라이어 호를 만듦.

(   )

❶ '글라이더를 만든 오토 릴리엔탈이 세상을 떠남.' 1896년 여름, 라이트 형제는 이 신문 기사를 보고 "그럼 우리가 하늘을 나는 기계를 만들어 보자." 라고 굳게 다짐했습니다.

❷ 라이트 형제는 작은 글라이더부터 만들었습니다. 책을 읽고 머리를 맞대고 연구를 거듭하여 마침내 사람이 타는 큰 글라이더를 만들었습니다. 하지만 글라이더는 바람을 타고 날아서 마음대로 날 수 없고 많은 사람이 탈 수 없었습니다. 라이트 형제는 엔진으로 움직이는 **동력** 비행기를 만들고 싶었습니다. 라이트 형제는 오랜 시간 연구하고 수없이 실패해도 다시 **도전하여** 결국 엔진과 **프로펠러**를 단 플라이어 호를 만들었습니다.

낱말 풀이

동력 전기 또는 자연에 있는 에너지를 사람이 쓰려고 기계적인 에너지로 바꾼 것.

도전하여 어려운 일에 용감하게 뛰어들어. 예 우주왕복선 개발에 **도전하여** 성공했다.

프로펠러 공중이나 물속에서 엔진의 힘으로 세차게 돌아 항공기나 배를 움직이게 하는 장치.

발단 전개 요약

3 글 ❶~❷를 읽고 칸에 알맞은 낱말을 찾아 □표 하세요.

라이트 형제는 하늘을 나는 | 기 | 계 | , | 풍 | 선 | 을/를 만들기로 다짐함. 라이트 형제는 동력 비행기 플라이어 호를 만듦.

❸ 드디어 1903년, 라이트 형제가 사람들 앞에 플라이어 호를 타고 나타났습니다. 형 윌버의 **신호**에 따라 동생 오빌이 플라이어 호를 **조종했습니다.**

"와! 사람이 탄 비행기가 하늘을 난다."

라이트 형제가 오랫동안 꿈꾸었던 꿈이 이루어지는 순간이었습니다.

❹ 그 뒤로 라이트 형제는 연구를 거듭해 마침내 우리가 타는 비행기를 만들었습니다. 라이트 형제 덕분에 우리는 비행기를 타고 전 세계를 **누빌** 수 있습니다. 라이트 형제는 실패를 두려워하지 않고 도전해서 비행기를 만들 수 있었습니다.

낱말 풀이

신호 서로 무엇을 하고자 하는 생각을 주고받으려고 한 무리나 사회에서 미리 정해 놓은 일정한 소리·색깔·빛·몸짓 등의 표시.

조종했습니다 비행기나 배, 자동차 따위의 기계를 다루어 부렸습니다.  동생은 조종기로 장난감 자동차를 **조종했습니다.**

누빌 이리저리 거리낌 없이 다닐.

절정 요약

1 핵심어를 두 가지 찾아 ○표 하세요.

드디어 , 플라이어 호 , 하늘

2 밑줄 친 낱말을 알맞은 낱말로 고쳐 쓰세요.

라이트 형제는 플라이어 호를 하늘에 날리는 데 <u>실패함</u>.

(　　　　　　　)

결말 요약

1 핵심어를 두 가지 찾아 ○표 하세요.

덕분에 , 실패 , 도전

2 밑줄 친 낱말을 알맞은 낱말로 고쳐 쓰세요.

라이트 형제는 <u>친구</u>를 두려워하지 않고 도전해서 비행기를 만들 수 있었음.

(　　　　　　　)

절정 결말 요약

3 글 ❸~❹를 읽고 칸에 알맞은 낱말을 찾아 □표 하세요.

라이트 형제는 플라이어 호를 하늘에 날리는 데 성공함. 라이트 형제는 실패를 두려워하지 않고 | 포 | 기 | , | 도 | 전 | 해서 비행기를 만들 수 있었음.

 요약 하는힘 쑥쑥

 그림 요약

1 그림을 보고 ○ 안에 이야기 차례에 알맞게 번호를 쓴 다음, ( ) 안에 알맞은 말을 쓰세요.

(1)

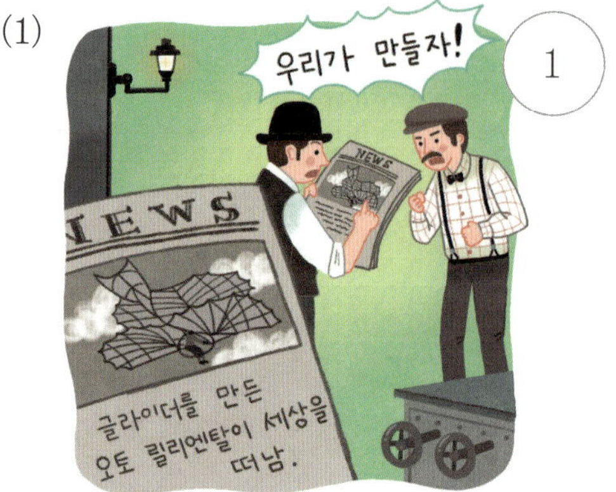

라이트 형제는 ( )을/를 나는 기계를 만들기로 다짐함.

(2)

라이트 형제는 플라이어 호를 하늘에 날리는 데 성공함.

(3)

라이트 형제는 실패를 두려워하지 않고 도전해서 비행기를 만들 수 있었음.

(4)

라이트 형제는 동력 ( ) 플라이어 호를 만듦.

 네 줄 요약

2 다음은 「라이트 형제」를 요약한 글입니다. 발단·전개·절정·결말 중 V표 한 부분이 빈 곳입니다. 다음 빈 곳에 알맞은 내용을 쓰세요.

　라이트 형제는 하늘을 나는 기계를 만들기로 다짐했어요. 그들은 마침내 엔진과 프로펠러를 단 _________________________________

___________________________. 그리고 하늘에 날리는 데 성공했어요. 라이트 형제는 실패를 두려워하지 않고 도전해서 비행기를 만들었어요.

 **1** 「라이트 형제」를 읽고 생각이나 느낌을 알맞게 말한 친구를 찾아 ○표 하세요.

(1) 아라: 라이트 형제가 만든 비행기를 세상이 몰라 주어서 속상해.

(2) 하루: 라이트 형제 덕분에 비행기를 타고 다른 나라에 갈 수 있어서 고마운 마음이 들어.

(3) 모모: 라이트 형제가 비행기 만들기를 어려워하고 서로 미룰 때 안타까운 마음이 들었어.

 **2** 다음 주머니에서 알맞은 낱말을 골라 빈칸에 쓰세요.

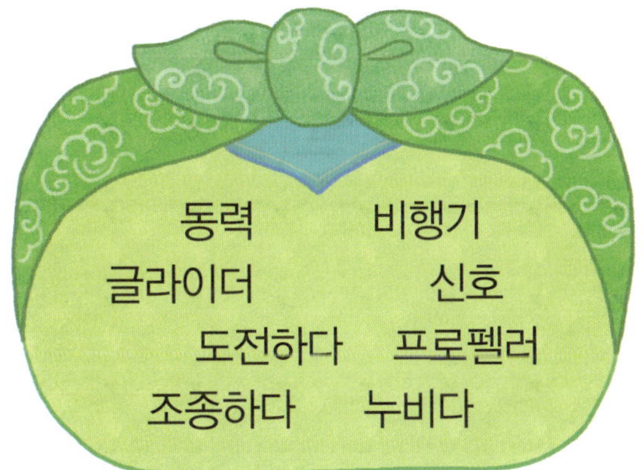

(1) 이리저리 거리낌 없이 다니다.

(2) 비행기나 자동차 따위의 기계를 다루어 부리다.

(3) 전기 또는 자연에 있는 에너지를 사람이 쓰려고 기계적인 에너지로 바꾼 것.

(4) 서로 무엇을 하고자 하는 생각을 주고받으려고 한 무리나 사회에서 미리 정해 놓은 일정한 소리·색깔·빛·몸짓 등의 표시.

5 일 베토벤

발단 요약

1 핵심어를 두 가지 찾아 ○표 하세요.

베토벤 , 집안 , 연주자

2 밑줄 친 낱말을 알맞은 낱말로 고쳐 쓰세요.

베토벤은 <u>기타</u> 연주자와 작곡가로 세상에 알려짐.

(   )

전개 요약

1 핵심어를 두 가지 찾아 ○표 하세요.

귀 , 마음속 , 작곡했습니다

2 밑줄 친 낱말을 알맞은 낱말로 고쳐 쓰세요.

베토벤은 귀가 들리지 않았지만 포기하지 않고 더욱 열심히 <u>운동함</u>.

(   )

❶ 베토벤은 독일의 가난한 음악가 집안에서 태어났습니다. 어릴 때부터 아버지는 피아노 **연주**를 열심히 가르쳤습니다. 재능이 뛰어난 베토벤은 피아노 연주자로 이름을 날렸습니다. **작곡** 실력도 뛰어나 작곡가로도 세상에 알려졌습니다.

❷ 베토벤에게 큰 어려움이 닥쳤습니다. 귓병을 앓고 난 뒤 귀가 들리지 않았습니다. 베토벤은 큰 슬픔에 빠져 음악을 포기하고 싶었습니다. 그러나 음악을 사랑하는 마음은 베토벤을 다시 일으켜 세웠습니다.

"귀는 들리지 않지만 내 마음속에는 아직도 아름다운 음악이 있어. 사람들에게 감동을 주는 **위대한** 곡을 만들자."

베토벤은 어려움에 주저앉지 않고 더욱 열심히 작곡했습니다.

낱말 풀이

연주 악기를 다루어 곡을 표현하거나 들려주는 일.
작곡 음악의 곡조를 짓는 일. 예 작곡가는 영화에 어울리는 음악 **작곡** 실력이 훌륭하다.
위대한 뛰어나고 훌륭한.

발단 전개 요약

3 글 ❶~❷를 읽고 칸에 알맞은 낱말을 찾아 □표 하세요.

베토벤은 피아노 연주자와 | 의 | 사 | , | 작 | 곡 | 가 | 로 세상에 알려짐. 베토벤은 귀가 들리지 않았지만 열심히 작곡함.

❸ 베토벤은 자신이 작곡한 「합창」 **교향곡**을 직접 **지휘하고** 싶었습니다. 사람들은 소리를 못 들어서 **불가능하다고** 했지만 그는 눈을 감고 소리를 온몸으로 느끼며 지휘했습니다. 그 모습을 보고 **청중**들은 뜨거운 박수를 보냈습니다. 그리고 사람들은 위대한 그의 음악과 노력에 존경을 보냈습니다.

❹ 베토벤은 귀가 들리지 않는 어려움 속에서도 「합창」, 「운명」, 「전원」 교향곡 등 아름다운 음악을 남겼습니다. 지금까지도 그가 작곡한 음악은 사람들의 마음을 달래 주고 깊은 감동을 전해 줍니다.

낱말풀이

교향곡 관현악을 위하여 여러 악장으로 만들어진, 규모가 큰 서양 악곡.

지휘하고 노래나 연주가 조화를 이루도록 앞에서 이끌고.

불가능하다고 가능하지 아니하다고. 예 옛날에는 우주 여행이 **불가능하다고** 생각했지만 지금 우리는 우주에 갈 수 있다.

청중 강연이나 설교, 음악 따위를 들으려고 모인 사람들.

절정 요약

1 핵심어를 두 가지 찾아 ○표 하세요.

교향곡 , 지휘했습니다 , 눈

2 밑줄 친 낱말을 알맞은 낱말로 고쳐 쓰세요.

베토벤은 자신이 작곡한 교향곡을 <u>연주하여</u> 박수를 받음.

(　　　　　　)

결말 요약

1 핵심어를 두 가지 찾아 ○표 하세요.

어려움 , 등 , 아름다운 음악

2 밑줄 친 낱말을 알맞은 낱말로 고쳐 쓰세요.

베토벤은 귀가 들리지 않는 어려움 속에서도 아름다운 <u>그림</u>을 남김.

(　　　　　　)

절정 결말 요약

3 글 ❸~❹를 읽고 칸에 알맞은 낱말을 찾아 □표 하세요.

베토벤은 자신이 작곡한 | 교 | 향 | 곡 | , | 자 | 장 | 가 | 을/를 지휘하여 박수를 받음. 베토벤은 귀가 들리지 않는 어려움 속에서도 아름다운 음악을 남김.

요약 하는힘 쑥쑥

1 그림을 보고 ◯ 안에 이야기 차례에 알맞게 번호를 쓴 다음, ( ) 안에 알맞은 말을 쓰세요.

(1)

베토벤은 자신이 작곡한 교향곡을 지휘하여 박수를 받음.

(2)

베토벤은 ( ) 속에서도 아름다운 음악을 남김.

(3)

베토벤은 ( )이/가 들리지 않았지만 열심히 작곡함.

(4)

베토벤은 피아노 연주자와 작곡가로 세상에 알려짐.

2 다음은 「베토벤」을 요약한 글입니다. 발단·전개·절정·결말 중 V표 한 부분이 빈 곳입니다. 다음 빈 곳에 알맞은 내용을 쓰세요.

　　베토벤은 피아노 연주자와 작곡가로 세상에 알려졌어요. 그는 귀가 들리지 않았지만 열심히 작곡했어요. 베토벤은 ______________________________

______________________________ 박수를 받았어요.

베토벤은 귀가 들리지 않는 어려움 속에서도 아름다운 음악을 남겼어요.

지문 이해

1 베토벤을 존경하는 까닭으로 알맞은 것을 찾아 ○표 하세요.

(1) 재능이 없는데도 많은 곡을 작곡했다.

(2) 부모님의 도움 없이 스스로 음악을 배웠다.

(3) 늦은 나이에 음악을 배웠는데도 아름다운 음악을 작곡했다.

(4) 귀가 들리지 않는 어려움을 이겨 내고 아름다운 음악을 작곡했다.

어휘 이해

2 다음 낱말 카드에서 글자를 찾아 낱말 뜻에 알맞은 낱말을 빈칸에 쓰세요.

곡	교	연	작

주	중	청	곡	향

(1) 음악의 곡조를 짓는 일.

(2) 악기를 다루어 곡을 표현하거나 들려주는 일.

(3) 강연이나 설교, 음악 따위를 들으려고 모인 사람들.

(4) 관현악을 위하여 여러 악장으로 만들어진, 규모가 큰 서양 악곡.

6 _일 갈릴레이

발단 요약

1 핵심어를 두 가지 찾아 ○표 하세요.

이탈리아에서 , 어릴 때부터 ,
지구가 태양 주위를 돈다 , 책

2 밑줄 친 낱말을 알맞은 낱말로 고쳐 쓰세요.

갈릴레이는 지구가 <u>달</u> 주위를 돈다는 사실을 책으로 씀.

(   )

전개 요약

1 핵심어를 두 가지 찾아 ○표 하세요.

교황청 , 주위 , 재판

2 밑줄 친 낱말을 알맞은 낱말로 고쳐 쓰세요.

교황청 사람들이 책을 보고 화가 나 갈릴레이를 불러 <u>씨름을</u> 하려고 함.

(   )

1 갈릴레오 갈릴레이는 1564년 이탈리아에서 태어난 **천문학자**이며 물리학자입니다. 그는 어릴 때부터 **우주**와 별에 관심이 많아서 **망원경**을 만들어 하늘을 **관찰했습니다**. 그 결과 지구가 태양 주위를 돈다는 사실을 책으로 썼습니다.

2 교황청 사람들은 그의 책을 보고 화가 났습니다. 교황청에서는 지구가 우주의 중심이며 태양과 별이 지구 주위를 돈다고 믿었기 때문입니다.

"헛된 소문을 퍼뜨린 갈릴레이를 불러서 **재판**을 해야겠다."

낱말 풀이

천문학자 우주에 관한 온갖 사실을 연구하는 학자.
우주 온 세상에 있는 모든 것을 포함하는 큰 공간.
망원경 멀리 있는 물체를 크고 분명하게 볼 수 있게 하는 기구.
관찰했습니다 무엇을 주의하여 자세히 살펴보았습니다.
_예 땅속으로 들어가는 개미를 **관찰했습니다**.
재판 법원에서 문제가 되는 사건을 법에 따라 판단하는 일.

발단 전개 요약

3 글 **1** ~ **2** 를 읽고 칸에 알맞은 낱말을 찾아 □표 하세요.

| 나 | 폴 | 레 | 옹 | , | 갈 | 릴 | 레 | 이 |

은/는 지구가 태양 주위를 돈다는 사실을 책으로 씀. 교황청 사람들이 책을 보고 화가 나서 갈릴레이를 불러 재판을 하려고 함.

❸ 갈릴레이는 로마 교황청에 불려 가서 **재판정**에 섰습니다.

"그대는 아직도 지구가 태양 주위를 돈다고 생각하는가? 잘못 생각했다고 하면 용서할 것이고, 아직도 지구가 태양 주위를 돈다고 **우기면** 감옥에 보내겠다."

갈릴레이는 깊은 고민에 빠졌습니다.

"네, 제 생각이 잘못되었습니다."

라고 말했지만 마음속으로

'그래도 지구가 태양 주위를 돌아.'

라고 생각했습니다.

❹ 갈릴레이는 시간이 흐르면 다른 과학자들이 지구가 태양 주위를 돈다는 사실을 밝혀낼 것이라고 믿었습니다. 지금은 그의 생각대로 당연히 지구가 태양 주위를 돈다고 생각합니다.

낱말 풀이

재판정 법원이 법적으로 문제가 되는 사건을 법에 따라 판단하는 곳.

우기면 억지를 부려 제 의견을 고집스럽게 내세우면.

(예) 동생이 계속 놀이터에 나가겠다고 **우기면** 어머니께서 화를 내실 것이다.

절정 요약

1 핵심어를 두 가지 찾아 ○표 하세요.

재판정 , 용서 , 마음속

2 밑줄 친 낱말을 알맞은 낱말로 고쳐 쓰세요.

갈릴레이는 <u>학교</u>에서 한 말과 달리 마음속으로 끝까지 지구가 태양 주위를 돈다고 생각함.

(　　　　　　　)

결말 요약

1 핵심어를 두 가지 찾아 ○표 하세요.

시간, 다른 과학자들 , 지금 지구가 태양 주위를 돈다

2 밑줄 친 낱말을 알맞은 낱말로 고쳐 쓰세요.

지금은 갈릴레이 생각내로 사람들이 <u>별자리</u>가 태양 주위를 돈다고 생각함.

(　　　　　　　)

절정 결말 요약

3 글 ❸ ~ ❹ 를 읽고 칸에 알맞은 낱말을 찾아 □표 하세요.

갈릴레이는 재판정에서 한 말과 달리 끝까지 마음속으로 지구가 태양 주위를 돈다고 생각함. 지금은 갈릴레이 생각대로 사람들이

지구가 [태][양] , [달] 주위를 돈다고 생각함.

 하는힘 쑥쑥

1 그림을 보고 ◯ 안에 이야기 차례에 알맞게 번호를 쓴 다음, (   ) 안에 알맞은 말을 쓰세요.

(1) ④

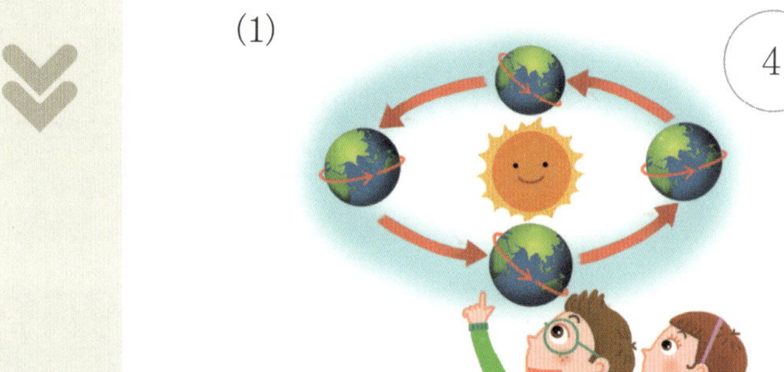

지금은 갈릴레이 생각대로 (   ) 이/가 태양 주위를 돈다고 생각함.

(2) ◯

갈릴레이는 지구가 태양 주위를 돈다는 사실을 책으로 씀.

(3) ②

(   ) 사람들이 화가 나서 갈릴레이를 불러 재판을 하려고 함.

(4) ◯

갈릴레이는 재판정에서도 마음속으로 지구가 태양 주위를 돈다고 생각함.

2 다음은 「갈릴레이」를 요약한 글입니다. 발단·전개·절정·결말 중 V표 한 부분이 빈 곳입니다. 다음 빈 곳에 알맞은 내용을 쓰세요.

　갈릴레이는 지구가 태양 주위를 돈다는 사실을 책으로 썼어요. 이를 보고 교황청 사람들이 화가 나서 갈릴레이를 불러 재판을 하려고 했어요. 갈릴레이는 재판정에서 한 말과 달리 끝까지 마음속으로 지구가 태양 주위를 돈다고 생각했어요. 지금은 갈릴레이 생각대로 사람들이 ＿＿＿＿＿＿＿＿＿＿

＿＿＿＿＿＿＿＿＿＿＿＿＿＿＿＿＿＿＿＿.

독해 하는힘 쑥쑥

지문이해

1 다음은 누구의 생각인지 찾아 선으로 이으세요.

(1)

태양이 지구 주위를 돈다.

·

·

갈릴레이

(2)

지구가 태양 주위를 돈다.

·

·

로마 교황청
사람들

어휘이해

2 다음 글자판에서 알맞은 낱말을 골라 □표 하고, 빈칸에 알맞은 낱말을 쓰세요.

재	지	구	우	주
판	감	옥	기	태
관	찰	하	다	양
물	리	학	사	실
교	황	청	주	위

(1) 사물이나 현상을 주의하여 자세히 살펴보다.

(2) 온 세상에 있는 모든 것을 포함하는 큰 공간.

(3) 억지를 부려 제 의견을 고집스럽게 내세우다.

(4) 법원에서 문제가 되는 사건을 법에 따라 판단하는 일.

레오나르도 다빈치

발단 요약

1 핵심어를 두 가지 찾아 ○표 하세요.

레오나르도 다빈치 ,「모나리자」, 사람들

2 밑줄 친 낱말을 알맞은 낱말로 고쳐 쓰세요.

레오나르도 다빈치는 「모나리자」를 그린 유명한 <u>만화가</u>임.

(　　　　　　)

전개 요약

1 핵심어를 두 가지 찾아 ○표 하세요.

자신만의 방법으로 그림 , 뼈와 근육 ,「최후의 만찬」

2 밑줄 친 낱말을 알맞은 낱말로 고쳐 쓰세요.

레오나르도 다빈치는 자신만의 방법으로 그림을 그리려고 노력하여 「<u>씨름</u>」을 그림.

(　　　　　　)

① 부드러운 **미소**로 유명한 **초상화** 「모나리자」를 본 적 있나요? 프랑스 파리 **루브르 박물관**에는 「모나리자」를 보려고 많은 사람들이 모여들지요. 이 그림을 그린 화가가 레오나르도 다빈치입니다.

② 레오나르도 다빈치는 어린 시절 베로키오 선생님을 만나 그림을 그리기 시작했습니다. 처음에는 다른 화가들의 그림을 따라 그리다가 시간이 지나자 자신만의 방법으로 그림을 그리려고 노력했습니다. 레오나르도 다빈치는 사람을 정확하게 그리려고 죽은 사람의 뼈와 **근육**을 연구하기도 했습니다. 사람들은 그가 성당 벽에 그린 「**최후의 만찬**」을 보고 "와! 인물들 표정이 생생하게 살아 있다!" 라며 놀랐습니다.

낱말 풀이

미소 소리 없이 빙긋이 웃음. 또는 그런 웃음.
초상화 어떤 사람의 얼굴을 그린 그림.
루브르 박물관 프랑스 파리에 있는 국립 미술 박물관.
근육 힘줄과 살을 통틀어 이르는 말.
만찬 남을 초대하여 함께 먹는 저녁 식사. 예 어머니께서 오늘 저녁 **만찬**에 오신 손님들을 반갑게 맞이하셨다.

발단 전개 요약

3 글 **①**~**②**를 읽고 칸에 알맞은 낱말을 찾아 □표 하세요.

레오나르도 다빈치는 「| 모 | 나 | 리 | 자 | , | 목 | 수 |」를 그린 유명한 화가임. 그는 자신만의 방법으로 그림을 그리려고 노력하여 「최후의 만찬」을 그림.

❸ 몇 년 뒤 어떤 **상인**이 찾아와 자신의 아내를 그려 달라고 부탁했습니다.

"나만의 새로운 방법으로 **부인**의 얼굴을 살아 있는 듯 그리겠어."

마침내 **신비로운** 미소와 **꾸밈없는** 아름다운 모습을 지닌 「모나리자」를 완성했습니다. 그의 그림을 본 상인은 놀라면서 말했습니다.

"지금까지 보던 초상화와는 매우 다르군요. 아름답고 자연스럽게 그려 주어서 고맙습니다."

❹ 레오나르도 다빈치는 자신이 만든 새로운 방법을 사용하여 훌륭한 그림을 남겼습니다. 「모나리자」의 미소는 우리 가슴에 **영원히** 남아 있을 것입니다.

낱말풀이

상인 장사를 직업으로 하는 사람.
부인 남의 아내를 높여 이르는 말.
신비로운 사람의 힘이나 지혜가 미치지 못할 정도로 신기하고 묘한 느낌이 있는. ㉲ 고려청자는 **신비로운** 빛깔을 뽐낸다.
꾸밈없는 거짓 없이 있는 그대로.
영원히 끝없이 이어지는 상태로. 또는 시간이 지나도 변하지 아니하는 상태로.

절정 요약

1 핵심어를 두 가지 찾아 ○표 하세요.

새로운 방법 , 「모나리자」, 너무

2 밑줄 친 낱말을 알맞은 낱말로 고쳐 쓰세요.

레오나르도 다빈치는 상인의 부탁을 받고 새로운 방법으로 신비로운 미소를 지닌 「해바라기」를 완성함.

(   )

결말 요약

1 핵심어를 두 가지 찾아 ○표 하세요.

자신이 , 「모나리자」의 미소 , 영원히

2 밑줄 친 낱말을 알맞은 낱말로 고쳐 쓰세요.

「모나리자」의 미소는 우리 가슴에 잠시 남을 것임.

(   )

절정 결말 요약

3 글 ❸∼❹를 읽고 칸에 알맞은 낱말을 찾아 □표 하세요.

레오나르도 다빈치는 상인의 부탁을 받고 새로운 방법으로 신비로운 | 미 | 소 |, | 향 | 기 | 를 지닌 「모나리자」를 완성함.

「모나리자」의 미소는 우리 가슴에 영원히 남을 것임.

요약하는힘 쑥쑥

1 그림을 보고 ◯ 안에 이야기 차례에 알맞게 번호를 쓴 다음, ( ) 안에 알맞은 말을 쓰세요.

(1)

「모나리자」의 미소는 우리 가슴에 영원히 남을 것임.

(2) 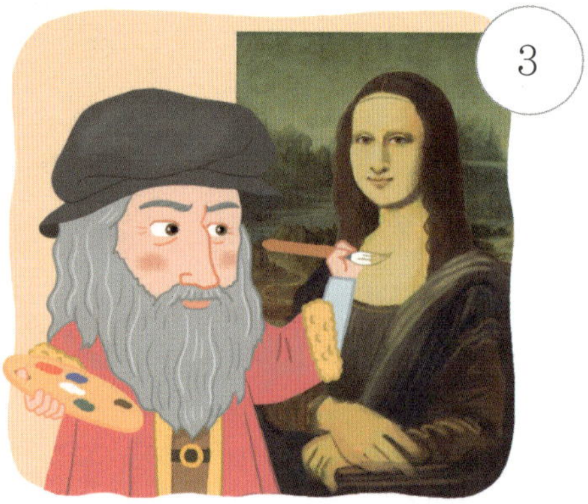
새로운 방법으로 신비로운 미소를 지닌 ( )을/를 완성함.

(3)

그는 자신만의 방법으로 그림을 그리려고 노력하여 「최후의 만찬」을 그림.

(4)

레오나르도 다빈치는 「모나리자」를 그린 유명한 ( )임.

2 다음은 「레오나르도 다빈치」를 요약한 글입니다. 발단·전개·절정·결말 중 V표 한 부분이 빈 곳입니다. 다음 빈 곳에 알맞은 내용을 쓰세요.

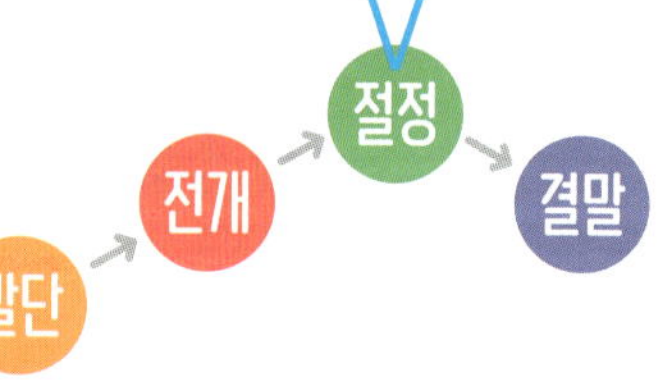

레오나르도 다빈치는 「모나리자」를 그린 유명한 화가예요. 그는 자신만의 방법으로 그림을 그리려고 노력하여 「최후의 만찬」을 그렸어요. 몇 년 뒤 그는 상인의 부탁을 받고 새로운 방법으로 ＿＿＿＿＿＿＿＿＿＿＿＿＿＿＿＿＿＿＿＿＿＿＿＿＿＿＿＿＿＿＿＿ 완성했어요. 「모나리자」의 미소는 우리 가슴에 영원히 남을 거예요.

1 레오나르도 다빈치에게 배울 점으로 알맞은 것을 찾아 ○표 하세요.

(1) 전 세계에서 가장 많은 그림을 그렸다.

(2) 자신만의 방법으로 그림을 그리려고 노력했다.

(3) 유명한 화가의 그림을 똑같이 따라 그리려고 노력했다.

(4) 그림 그리는 방법을 어려운 사람들에게 가르쳐 주었다.

2 다음 주머니에서 알맞은 낱말을 골라 빈 곳에 쓰세요.

(1) 운동을 꾸준히 하였더니 ______________이/가 단단해졌다.
힘줄과 살을 통틀어 이르는 말.

(2) 과일 가게에서 ______________이/가 손님에게 과일을 필있다.
장사를 직업으로 하는 사람.

(3) 과학관에서 우주 세상을 직접 보니 ______________ 느낌이 들었다.
사람의 힘이나 지혜가 미치지 못할 정도로 신기하고 묘한 느낌이 있는.

(4) 어머니께서 졸업식이 끝나자 친척들에게 ______________을/를 베푸
셨다.
남을 초대하여 함께 먹는 저녁 식사.

발단 요약

1 핵심어를 두 가지 찾아 ○표 하세요.

나이팅게일 , 영국 귀족 집안 , 아픈 사람을 돕는 사람

2 밑줄 친 낱말을 알맞은 낱말로 고쳐 쓰세요.

나이팅게일은 어려서부터 다른 사람을 존경하는 사람이 되고 싶어 함.

(   )

전개 요약

1 핵심어를 두 가지 찾아 ○표 하세요.

간호사 , 사람들 , 반대

2 밑줄 친 낱말을 알맞은 낱말로 고쳐 쓰세요.

나이팅게일이 의사가 되려고 하자 부모님께서 반대하셨지만 간호사가 됨.

(   )

❶ 나이팅게일은 영국 **귀족 집안**에서 태어났습니다. 나이팅게일은 어려서부터 병든 사람을 보면 그냥 지나치지 않는 따뜻한 마음을 지녔습니다. 그녀는 아픈 사람을 돕는 사람이 되고 싶었습니다.

❷ "아픈 사람을 돌보는 간호사가 되고 싶어요."

나이팅게일이 부모님께 말씀드리자 큰 반대에 부딪혔습니다. 그 당시 간호사는 **신분**이 낮은 사람들이 하던 직업이었습니다.

"간호사가 얼마나 힘든 직업인 줄 알고 있니?"

"아무리 힘들어도 아픈 사람을 모른 척 할 수 없어요. 제발 허락해 주세요."

나이팅게일은 꿈을 굽히지 않고 간호사가 되는 공부를 마치고 마침내 간호사가 되었습니다.

낱말 풀이

귀족 사회적으로 신분과 재산의 특권을 지닌 가장 높은 계급. 또는 그런 계급에 속한 사람.

집안 가족을 구성원으로 하여 살림을 꾸려 나가는 공동체. 또는 가까운 일가.

신분 개인이 자기가 속해 있는 사회 안에서 가지고 있는 역할이나 지위. **예** 조선 시대에는 양반과 노비 등으로 **신분**이 나뉘어졌다.

발단 전개 요약

3 글 ❶~❷를 읽고 칸에 알맞은 낱말을 찾아 □표 하세요.

나이팅게일은 어려서부터 다른 사람을 돕는 사람이 되고 싶어 함. 나이팅게일이 간호사가 되려고 하자 부모님께서 반대하셨지만

| 변 | 호 | 사 | , | 간 | 호 | 사 | 가 됨. |

❸ 나이팅게일은 전쟁이 일어나 수많은 **병사**들이 죽어 간다는 소식을 들었습니다. 그녀는 서른여덟 명의 간호사와 함께 그곳 병원으로 갔습니다.

'아픈 병사들을 정성껏 돌보자.'라고 다짐한 나이팅게일은 밤늦게까지 환자들을 돌았습니다.

"나이팅게일은 **등불**을 든 천사야."

병사들은 눈물을 흘리며 고마워했습니다.

❹ 나이팅게일은 선생이 끝나 영국으로 돌아온 뒤에도 **간호** 학교를 세워 간호사들을 가르치고 간호 책을 썼습니다. 지금도 간호사들은 나이팅게일의 위대한 사랑과 **봉사** 정신을 이어받으려고 노력합니다.

> **낱말 풀이**
> **병사** 예전에, 군인이나 군대를 이르던 말.
> **등불** 등에 켠 불.
> **간호** 다쳤거나 앓고 있는 환자나 약한 사람을 보살피고 돌봄.
> **봉사** 국가나 사회 또는 남을 위하여 자신을 돌보시 아니하고 힘을 바쳐 애씀. ⑩ 우리 빈 친구들은 마을 쓰레기를 줍는 **봉사** 활동을 했다.

절정 요약

1 핵심어를 두 가지 찾아 ○표 하세요.

전쟁 , 병원 , 눈물

2 밑줄 친 낱말을 알맞은 낱말로 고쳐 쓰세요.

나이팅게일은 <u>산불</u>이 나자 그곳 병원에 가서 병사들을 정성껏 돌봄.

(   )

결말 요약

1 핵심어를 두 가지 찾아 ○표 하세요.

영국 , 간호 학교 , 지금

2 밑줄 친 낱말을 알맞은 낱말로 고쳐 쓰세요.

전쟁이 끝나 영국으로 돌아와 <u>음악</u> 학교를 세움.

(   )

절정 결말 요약

3 글 ❸~❹를 읽고 칸에 알맞은 낱말을 찾아 □표 하세요.

나이팅게일은 전쟁이 나자 그곳 | 병 | 원 | , | 학 | 교 | 에 가서 병사들을 정성껏 돌봄. 전쟁이 끝나자 영국으로 돌아와 간호 학교를 세움.

요약 하는힘 쑥쑥

그림요약

1 그림을 보고 ◯ 안에 이야기 차례에 알맞게 번호를 쓴 다음, (   ) 안에 알맞은 말을 쓰세요.

(1)

전쟁이 끝나자 영국으로 돌아와 간호 학교를 세움.

(2) ②

간호사가 되려고 하자 부모님께서 크게 (   )하셨지만 간호사가 됨.

(3)

나이팅게일은 어려서부터 다른 사람을 돕는 사람이 되고 싶어 함.

(4) ③

나이팅게일은 전쟁이 나자 그곳 병원에 가서 (   )들을 정성껏 돌봄.

네줄요약

2 다음은 「나이팅게일」을 요약한 글입니다. 발단·전개·절정·결말 중 V표 한 부분이 빈 곳입니다. 다음 빈 곳에 알맞은 내용을 쓰세요.

   나이팅게일은 어려서부터 다른 사람을 돕는 사람이 되고 싶었어요. 그녀가 간호사가 되려고 하자 부모님께서 반대하셨지만 결국 간호사가 되었어요. 나이팅게일은 전쟁이 나자 그곳 병원에 가서 ______________________________________. 전쟁이 끝나자 영국으로 돌아와 간호 학교를 세웠어요.

1 「나이팅게일」을 읽고 나이팅게일에게 존경할 점을 알맞게 말한 친구를 찾아 ○표 하세요.

(1) 현서: 부모님의 말씀을 잘 따르는 모습을 존경해.

(2) 준영: 어려운 그림을 포기하지 않고 끝까지 그린 점을 존경해.

(3) 서희: 자신을 희생하여 아픈 사람을 위해 봉사한 정신을 존경해.

2 같은 색의 글자 카드를 연결해 다음 뜻에 알맞은 낱말을 빈칸에 쓰세요.

(1) 등에 켠 불.

(2) 예전에, 군인이나 군대를 이르던 말.

(3) 다쳤거나 앓고 있는 환자나 약한 사람을 보살피고 돌봄.

(4) 국가나 사회 또는 남을 위하여 자신을 돌보지 아니하고 힘을 바쳐 애씀.

중요한 장면 미리 보기

사과는 왜 땅으로
떨어질까?

발단 요약

1 핵심어를 두 가지 찾아 ○표
하세요.

뉴턴 , 잠시 , 사과나무

2 밑줄 친 낱말을 알맞은 낱말로
고쳐 쓰세요.

<u>에디슨</u>이 스무세 살 때 사과나
무 아래에서 깜박 잠이 듦.

(   )

전개 요약

1 핵심어를 두 가지 찾아 ○표
하세요.

이때 , 사과 , 땅

2 밑줄 친 낱말을 알맞은 낱말로
고쳐 쓰세요.

뉴턴은 사과가 <u>강</u>으로 떨어지
는 까닭이 궁금하여 연구함.

(   )

---

1 뉴턴이 스무세 살 때 영국 캠브리지 대학에 다닐 때입니다. 나라에 **전염병**이 돌아 뉴턴이 **고향**에서 잠시 쉬고 있었습니다.

'지구가 태양 주위를 돌고, 달이 지구 주위를 도는 까닭은 무엇일까?'

이런 생각을 하며 뉴턴은 사과나무 아래에서 깜박 잠이 들었습니다.

2 이때 머리 위로 사과 한 알이 툭 떨어졌습니다.

'사과는 왜 땅으로 떨어질까?'

뉴턴은 사과가 땅으로 떨어지는 모습을 보고 **궁금증**이 생겼습니다. 사과가 옆으로 떨어지거나 위로 올라가지 않고 땅으로 떨어지는 까닭이 무엇일지 알고 싶었습니다. 뉴턴은 당연하게 보일 만한 사실을 그냥 지나치지 않고 관찰하며 연구했습니다.

**낱말
풀이**

전염병 전염이 되는 질병. 예 **전염병**이 돌아 학교에 가지 못했다.

고향 태어나서 자란 곳.

궁금증 매우 궁금한 느낌.

발단 전개 요약

3 글 **1**~**2**를 읽고 칸에 알맞은 낱말을 찾아 □표 하세요.

뉴턴이 스무세 살 때 사과나무 아래에서 깜박 잠이 듦. 뉴턴은

| 딸 | 기 | , | 사 | 과 | 가 땅으로 떨어지는 까닭이 궁금하여

연구함.

③ "우주에 있는 모든 물체는 서로 끌어당기는 보이지 않는 힘이 있어. 그래서 물체가 우주 밖으로 나가지 않는 걸 거야."

그는 연구를 거듭한 결과 사과가 땅으로 떨어지는 까닭은 지구가 물체를 끌어당기는 힘, 즉 '**중력**' 때문이라는 것을 밝혀냈습니다. 지구와 달, 다른 별도 이런 힘으로 움직인다는 것을 알게 되었는데 이것을 '만유인력의 **법칙**'이라고 합니다.

④ 뉴턴이 발견한 '만유인력의 법칙'은 **물리학**의 기본 법칙으로 우주가 움직이는 비밀을 푸는 중요한 열쇠입니다. 뉴턴은 과학 발전에 큰 도움을 준 위대한 과학자로 여겨집니다.

낱말풀이

중력 지구 위의 모든 물체에 작용하는, 지구의 중심으로 잡아당기는 힘.

법칙 자연의 어떤 현상이 생기는 과정에서 반드시 따르는 것으로 알려진 원칙. 예 싹이 나고 잎이 지는 것은 자연 **법칙**이다.

물리학 자연 현상을 원인과 결과의 관계로 설명하고 수지나 공식으로 나타낼 수 있는 법칙을 연구하는 학문.

절정 요약

1 핵심어를 두 가지 찾아 ○표 하세요.

사과가 땅으로 떨어지는 까닭 , 중력 , 다른 별

2 밑줄 친 낱말을 알맞은 낱말로 고쳐 쓰세요.

뉴턴은 사과가 땅으로 떨어지는 까닭은 '<u>마법</u>' 때문이라는 것을 밝혀냄.

(   )

결말 요약

1 핵심어를 두 가지 찾아 ○표 하세요.

만유인력의 법칙 , 과학 발전 , 여겨집니다

2 밑줄 친 낱말을 알맞은 낱말로 고쳐 쓰세요.

뉴턴이 발견한 '<u>보름달의 법칙</u>'은 과학 발전에 큰 도움을 줌.

(   )

절정 결말 요약

3 글 ③~④를 읽고 칸에 알맞은 낱말을 찾아 □표 하세요.

뉴턴은 사과가 땅으로 떨어지는 까닭은 '중력' 때문이라는 것을 밝혀냄. 뉴턴이 발견한 '만유인력의 법칙'은 | 과 | 학 | ,

| 예 | 술 | 발전에 큰 도움을 줌.

그림 요약

1 그림을 보고 ◯ 안에 이야기 차례에 알맞게 번호를 쓴 다음, (　　) 안에 알맞은 말을 쓰세요.

(1) 

뉴턴이 스무세 살 때 사과나무 아래에서 깜박 잠이 듦.

(2) 

④

뉴턴이 발견한 '(　　　　　)의 법칙'은 과학 발전에 큰 도움을 줌.

(3) 

뉴턴은 사과가 땅으로 떨어지는 까닭이 궁금하여 연구함.

(4) 

③

뉴턴은 사과가 땅으로 떨어지는 까닭은 '(　　　　　)' 때문이라는 것을 밝혀냄.

네 줄 요약

2 다음은 「뉴턴」을 요약한 글입니다. 발단·전개·절정·결말 중 V표 한 부분이 빈 곳입니다. 다음 빈 곳에 알맞은 내용을 쓰세요.

　　뉴턴이 스무세 살 때 사과나무 아래에서 깜박 잠이 들었어요. 그는 사과가 땅으로 떨어지는 까닭이 궁금하여 연구했어요. 그 결과 사과가 땅으로 떨어지는 까닭은 ＿＿＿＿＿＿＿＿＿＿＿＿＿＿＿＿＿＿＿＿＿＿. 뉴턴이 발견한 '만유인력의 법칙'은 과학 발전에 큰 도움을 주었어요.

 지문 이해

1 뉴턴을 알맞게 소개한 **친구**를 **찾아** ○표 하세요.

(1) 하미: 뉴턴은 처음으로 달에 도착한 우주인입니다.

(2) 소라: 뉴턴은 사과를 재배하는 새로운 방법을 발견한 지혜로운 농부입니다.

(3) 현우: 뉴턴은 주변을 보고 느낀 궁금증을 연구하여 '만유인력의 법칙'을 처음으로 밝혀낸 위대한 과학자입니다.

어휘 이해

2 다음 주머니에서 알맞은 낱말을 골라 빈칸에 쓰세요.

⑴ 전염이 되는 질병.

⑵ 지구 위의 모든 물체에 작용하는, 지구의 중심으로 잡아당기는 힘.

⑶ 자연의 어떤 현상이 생기는 과정에서 반드시 따르는 것으로 알려진 원칙.

⑷ 자연 현상을 원인과 결과의 관계로 설명하고 수치나 공식으로 나타낼 수 있는 법칙을 연구하는 학문.

10 일 간디

발단 요약

1 핵심어를 두 가지 찾아 ○표 하세요.

어느 날 , 간디 , 차별했습니다

2 밑줄 친 낱말을 알맞은 낱말로 고쳐 쓰세요.

간디는 중국 사람이라서 차별을 당한 뒤 인도 독립에 온몸을 바치기로 결심함.

(   )

전개 요약

1 핵심어를 두 가지 찾아 ○표 하세요.

폭력 , 독립 운동 , 옷

2 밑줄 친 낱말을 알맞은 낱말로 고쳐 쓰세요.

간디는 말을 사용하지 않고 인도 독립 운동에 앞장섬.

(   )

---

1 어느 날 간디가 기차를 탔을 때 **역무원**이 다가와
"인도 사람은 기차 일등칸에 탈 수 없소."
라며 경찰관을 불러 간디를 쫓아냈습니다. 영국이 인도를 다스리던 때라서 인도 사람을 심하게 차별했습니다.

'내가 앞장서서 인도를 영국의 지배에서 벗어나게 하리라.'

간디는 인도 독립에 온몸을 바치기로 결심했습니다.

2 '영국이 **폭력**으로 지배해도 똑같이 폭력으로 맞서면 안 된다.'

간디는 폭력을 사용하지 않고 인도 독립 운동에 앞장섰습니다. 인도 사람들을 차별하는 법을 따르지 말며 영국 물건을 사용하지 말자고 했습니다. 간디는 직접 **물레**를 돌려 옷을 만들어 입기도 했습니다.

낱말 풀이

역무원 역에 근무하는 사람.

폭력 남을 해치거나 질서를 파괴하는 짓에 쓰는 거칠고 사나운 힘. 예 화가 나더라도 **폭력**을 쓰면 안 된다.

물레 솜으로 실을 만드는 간단한 기구.

발단 전개 요약

3 글 **1**~**2**를 읽고 칸에 알맞은 낱말을 찾아 □표 하세요.

간디는 인도 사람이라서 차별을 당한 뒤 인도 독립에 온몸을 바치기로 결심함. 간디는 폭력을 사용하지 않고 | 건 | 강 | ,

| 독 | 립 | 운동에 앞장섬.

❸ 영국은 **어이없게도** 인도에서 소금을 만들지 못하게 하고 영국 소금에 높은 세금을 **매겨** 파는 '소금법'을 만들었습니다.

"영국이 비싼 값으로 파는 소금을 억지로 사야 하다니……."

인도 사람들은 소금법으로 고통을 받았습니다.

간디는 인도 사람들과 함께 바닷가를 **행진하며** '소금법'에 반대했습니다. 간디뿐만 아니라 많은 인도 사람들이 감옥에 끌려갔습니다. 이 소식은 전 세계에 알려졌습니다. 마침내 영국은 '소금법'을 없앴습니다.

❹ 드디어 1947년 인도는 독립했습니다. 인도의 독립을 **이끈** 간디는 인도 독립의 아버지라 불리며 인도 사람들에게 영원한 지도자로 남아 있습니다.

낱말 풀이

어이없게도 일이 너무 뜻밖이어서 기가 막히는 듯하게도.
매겨 일정한 기준에 따라 사물의 값이나 등수 따위를 정하여.
행진하며 줄을 지어 앞으로 나아가며.
이끈 무엇 또는 누구를 어떤 방향으로 나가게 한. 예 이순신은 수많은 전투에서 승리를 **이끈** 장군이다.

절정 요약

1 핵심어를 두 가지 찾아 ○표 하세요.

소금법 , 함께 , 반대했습니다

2 밑줄 친 낱말을 알맞은 낱말로 고쳐 쓰세요.

영국이 만든 '소금법'에 반대하는 <u>수영</u>을 하여 '소금법'을 없앰.

(　　　　　　　　)

결말 요약

1 핵심어를 두 가지 찾아 ○표 하세요.

드디어 , 간디 , 인도 독립

2 밑줄 친 낱말을 알맞은 낱말로 고쳐 쓰세요.

인도의 독립을 이끈 간디는 인도 <u>통일</u>의 아버지로 불림.

(　　　　　　　　)

절정 결말 요약

3 글 ❸~❹를 읽고 칸에 알맞은 낱말을 찾아 □표 하세요.

영국이 만든 '소금법'에 반대하는 행진을 하여 소금법을 없앰. 인도의 독립을 이끈 간디는 | 인 | 도 | , | 영 | 국 | 독립의 아버지로 불림.

 요약하는 힘 쑥쑥

 그림 요약

1 그림을 보고 ◯ 안에 이야기 차례에 알맞게 번호를 쓴 다음, ( ) 안에 알맞은 말을 쓰세요.

(1)

①

간디는 ( )을/를 당한 뒤 인도 독립에 온몸을 바치기로 결심함.

(2)

간디는 폭력을 사용하지 않고 인도 독립 운동에 앞장섬.

(3)

④

인도의 독립을 이끈 간디는 인도 독립의 아버지로 불림.

(4)

영국이 만든 ( )에 반대하는 행진을 하여 '소금법'을 없앰.

 네 줄 요약

2 다음은 「간디」를 요약한 글입니다. 발단·전개·절정·결말 중 V표 한 부분이 빈 곳입니다. 다음 빈 곳에 알맞은 내용을 쓰세요.

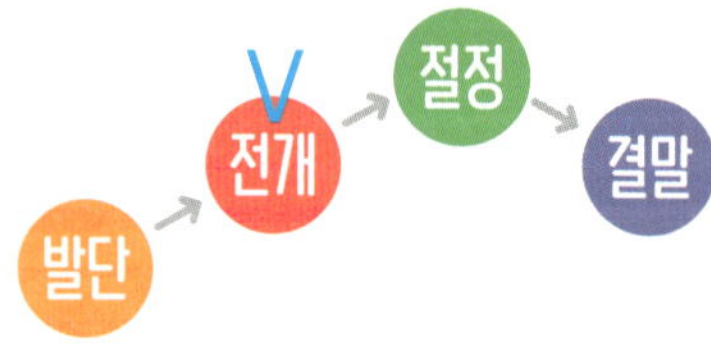

　간디는 인도 사람이라서 차별을 당한 뒤 인도 독립에 온몸을 바치기로 결심했어요. 그는 폭력을 사용하지 않고 _______________________________

____.

그리고 영국이 만든 '소금법'에 반대하는 행진을 하여 소금법을 없애기도 했어요. 인도의 독립을 이끈 간디는 인도 독립의 아버지로 불려요.

지문이해

1 간디에게 본받을 점으로 알맞은 것을 찾아 ○표 하세요.

(1) 기차를 처음 발명했다.

(2) 인도의 음악을 전 세계에 알렸다.

(3) 소금을 만드는 새로운 방법을 개발했다.

(4) 폭력을 사용하지 않고 인도 독립 운동에 앞장섰다.

어휘이해

2 다음 낱말 카드에서 글자를 찾아 낱말 뜻에 알맞은 낱말을 빈칸에 쓰세요.

| 끌 | 레 | 물 | 력 |
| 다 | 폭 | 진 | 이 | 행 |

(1) 줄을 지어 앞으로 나아가다.　□□ 하다

(2) 솜으로 실을 만드는 간단한 기구.　□□

(3) 무엇 또는 누구를 어떤 방향으로 나가게 하다.　□□□

(4) 남을 해치거나 질서를 파괴하는 짓에 쓰는 거칠고 사나운 힘.　□□

발전 단계

5주 25일 완성

3주 학습 내용

일	세계 위인	중요한 장면 미리 보기	쪽수
11일	테레사	'가난하고 아픈 사람들을 모른 척 내버려 둘 수 없어.'	54~57쪽
12일	노벨	'다이너마이트로 번 돈이라도 쓸모 있게 써야겠다.'	58~61쪽
13일	링컨	"모든 노예를 해방하기로 선언합니다."	62~65쪽
14일	공자	'어진 마음으로 예의를 지키는 바른 세상을 만들어야 한다.'	66~69쪽
15일	마리 퀴리	'나는 사람들에게 도움을 주는 연구를 하고 싶어.'	70~73쪽

발전 단계 문제는 이렇게 풀어요

1 핵심어를 두 가지 찾아 ○표 하세요.

⬭수녀원 , 거리 , ⬭봉사하는 삶

발단, **전개**, **절정**, **결말** 1번 문제는 모두 **핵심어**를 두 가지 찾아 ○표 하기예요.

---

2 밑줄 친 부분 중 틀린 낱말을 알맞은 낱말로 고쳐 쓰세요.

테레사는 <u>고아원</u>을 나와 인도 콜카타 거리에서 봉사하는 삶을 살기로 결심함.

(고아원)

➡ (수녀원)

발단, **전개**, **절정**, **결말** 2번 문제는 모두 **중심 내용**에서 밑줄 친 부분 중 틀린 낱말을 알맞은 낱말로 고쳐 쓰기예요.

---

3 글 **1**~**2**를 읽고 빈칸에 알맞은 낱말을 쓰세요.

테레사는 수녀원을 나와 인도 콜카타 거리에서  봉 사 하는 삶을 살기로 결심함. 테레사는 '사랑의 선교 수녀회'를 만들어 봉사함.

발단, **전개**, **절정**, **결말** 3번 문제는 모두 빈칸에 알맞은 낱말을 쓰기예요.

11일 테레사

발단 요약

1 핵심어를 두 가지 찾아 ○표 하세요.

수녀원 , 거리 , 봉사하는 삶

2 밑줄 친 부분 중 틀린 낱말을 알맞은 낱말로 고쳐 쓰세요.

테레사는 고아원을 나와 인도 콜카타 거리에서 봉사하는 삶을 살기로 결심함.

(   )

 ➡ (   )

전개 요약

1 핵심어를 두 가지 찾아 ○표 하세요.

사랑의 선교 수녀회 , 봉사 , 음식

2 밑줄 친 부분 중 틀린 낱말을 알맞은 낱말로 고쳐 쓰세요.

테레사는 '믿음의 선교 수녀회'를 만들어 봉사함.

(   )

 ➡ (   )

---

1 테레사는 인도 콜카타 거리를 지날 때마다 가난과 병으로 쓰러져 가는 수많은 인도 사람들을 보았습니다.

'가난하고 아픈 사람들을 모른 척 내버려 둘 수 없어. 내가 그들을 도와야겠어.'

그녀는 편안한 **수녀원** 생활을 버리고 인도 콜카타 거리로 나와 **봉사하는** 삶을 살기로 결심했습니다.

2 테레사는 '사랑의 **선교** 수녀회'를 만들어 가난하고 아픈 인도 사람들에게 봉사하기 시작했습니다. 따뜻한 음식을 주고 아픈 사람을 **치료했습니다.**

> **낱말 풀이**
>
> **수녀원** 수녀들이 함께 생활하면서 몸과 마음을 갈고닦는 곳.
> **봉사하는** 국가나 사회 또는 남을 위하여 자신을 돌보지 아니하고 힘을 바쳐 애쓰는.
> **선교** 종교를 전하여 널리 퍼뜨리는 것.
> **치료했습니다** 병이나 상처 따위를 잘 다스려 낫게 했습니다. 예 짝의 다친 무릎을 보건실 선생님께서 **치료했습니다.**

발단 전개 요약

3 글 **1**~**2**를 읽고 빈칸에 알맞은 낱말을 쓰세요.

테레사는 수녀원을 나와 인도 콜카타 거리에서 ☐☐하는 삶을 살기로 결심함. 테레사는 '사랑의 선교 수녀회'를 만들어 봉사함.

❸ 그녀는 불쌍하게 죽음을 맞이하는 사람들을 도우려고 '죽음을 기다리는 사람들의 집'을 만들었습니다. **천주교**를 믿지 않는 인도 사람들이 우르르 몰려와

"우리에게 천주교를 퍼뜨리려고 하는 거요? 어서 물러가시오."

라며 테레사를 쫓아내려고 했습니다. 그러나 그들은 테레사가 죽어 가는 사람들의 몸을 정성껏 씻어 주고 따뜻한 음식을 주며 상처를 치료하는 모습을 보았습니다.

"테레사의 마음에는 오직 죽어 가는 사람들을 향한 사랑만이 넘치네요. 우리 그만 물러납시다."

그들은 깊은 감동을 받아 조용히 **물러갔습니다**.

❹ 테레사는 죽음을 맞이할 때까지 가난하고 아픈 사람들 곁에 머물며 **한결같이** 큰 사랑을 실천했습니다. 지금까지도 전 세계 사람들은 그녀를 '어머니 테레사'라고 부르며 봉사의 **본보기**로 삼습니다.

낱말 풀이

천주교 교황을 교회의 최고 지도자로 받들고 오랜 전통을 따르는 기독교. 가톨릭교.
물러갔습니다 있던 자리에서 옮겨 갔습니다.
한결같이 처음부터 끝까지 변함없이 꼭 같이.
본보기 옳거나 훌륭하여 배우고 따를 만한 대상. 예 독립운동을 하신 우리 할아버지는 나의 **본보기**이시다.

절정 요약

1 핵심어를 두 가지 찾아 ○표 하세요.

죽음을 기다리는 사람들의 집 , 감동 , 조용히

2 밑줄 친 부분 중 틀린 낱말을 알맞은 낱말로 고쳐 쓰세요.

테레사가 '사랑을 기다리는 사람들의 집'을 만들자 인도 사람들이 반대했지만 그녀의 봉사하는 모습에 감동을 받아 물러감.

(　　　　)

➡ (　　　　)

결말 요약

1 핵심어를 두 가지 찾아 ○표 하세요.

머물며 , 어머니 테레사 , 전 세계 , 봉사의 본보기

2 밑줄 친 부분 중 틀린 낱말을 알맞은 낱말로 고쳐 쓰세요.

테레사는 평생 사랑을 실천하여 '어머니 테레사'로 불리며 의사의 본보기가 됨.

(　　　　)

➡ (　　　　)

절정 결말 요약

3 글 ❸~❹를 읽고 빈칸에 알맞은 낱말을 쓰세요.

테레사가 '죽음을 기다리는 사람들의 집'을 만들자 인도 사람들이 반대했지만 그녀의 봉사하는 모습에 감동을 받아 물러감. 테레사는 평생 [　][　]을/를 실천하여 '어머니 테레사'로 불리며 봉사의 본보기가 됨.

 요약 하는힘 쑥쑥

그림 요약

1 그림을 보고 ◯ 안에 이야기 차례에 알맞게 번호를 쓴 다음, (   ) 안에 알맞은 말을 쓰세요.

(1) 

테레사는 수녀원을 나와 인도 콜카타 거리에서 (   )하는 삶을 살기로 결심함.

(2) 

테레사는 '어머니 테레사'로 불리며 봉사의 본보기가 됨.

(3) 

테레사는 '(   )의 선교 수녀회'를 만들어 봉사함.

(4) 

테레사가 '죽음을 기다리는 사람들의 집'을 만들자 인도 사람들이 감동받아 물러감.

네 줄 요약

2 다음은 「테레사」를 요약한 글입니다. 발단·전개·절정·결말 중 어느 부분이 빈 곳인지 V표 한 다음, 빈 곳에 알맞은 내용을 쓰세요.

테레사는 수녀원을 나와 인도 콜카타 거리에서 봉사하는 삶을 살기로 결심했어요. 테레사는 ____. 테레사가 '죽음을 기다리는 사람들의 집'을 만들자 인도 사람들이 반대했지만 그녀의 봉사하는 모습에 감동을 받아 물러갔어요. 그녀는 평생 사랑을 실천하여 '어머니 테레사'로 불리며 봉사의 본보기가 되었어요.

1 테레사가 살아온 삶으로 알맞은 것을 찾아 ○표 하세요.

(1) 가난하고 아픈 사람들을 사랑으로 돌보았다.

(2) 기술을 개발하여 인도를 잘사는 나라로 만들었다.

(3) 수녀들의 아름다운 모습을 그림으로 그려서 남겼다.

(4) 노래를 잘 불러서 전 세계 사람들에게 큰 감동을 주었다.

2 다음 주머니에서 알맞은 낱말을 골라 빈 곳에 쓰세요.

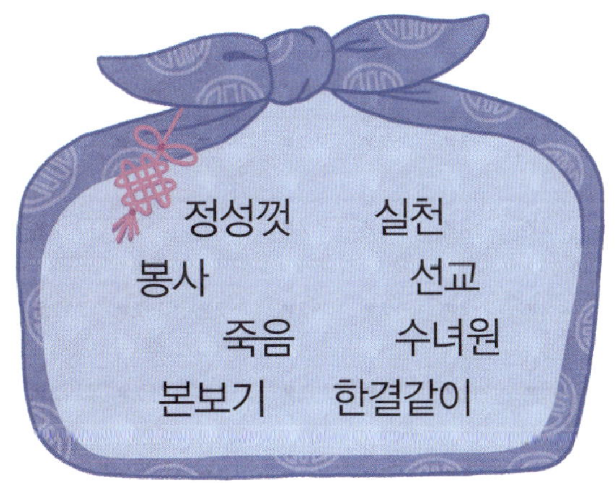

(1) 부모님께서는 나를 ______________ 사랑하신다.
처음부터 끝까지 변함없이 꼭 같이.

(2) ______________에는 수녀들이 모여서 생활한다.
수녀들이 함께 생활하면서 몸과 마음을 갈고닦는 곳.

(3) 친구는 자신이 믿는 종교를 ______________하려고 했다.
종교를 전하여 널리 퍼뜨리는 것.

(4) 신사임당을 훌륭한 어머니의 ______________(으)로 여긴다.
옳거나 훌륭하여 배우고 따를 만한 대상.

12일 노벨

발단 요약

1 핵심어를 두 가지 찾아 ○표 하세요.

노벨 , 그때 , 안전한 고체 화약

2 밑줄 친 부분 중 틀린 낱말을 알맞은 낱말로 고쳐 쓰세요.

노벨은 어릴 때부터 감기약에 관심을 가졌고, 안전한 고체 화약을 만들고 싶어 함.

( )

→ ( )

전개 요약

1 핵심어를 두 가지 찾아 ○표 하세요.

다이너마이트 , 도로 , 부자

2 밑줄 친 부분 중 틀린 낱말을 알맞은 낱말로 고쳐 쓰세요.

노벨은 액체 화약인 다이너마이트를 만들어 부자가 됨.

( )

→ ( )

---

1 노벨은 아버지의 **무기** 공장에서 **화약**을 보고 어릴 때부터 화약에 관심을 가졌습니다. 노벨은 화약 실험을 즐겨 하면서 더 강하고 안전한 화약을 발명하고 싶었습니다. 그때 만든 액체 화약은 조금만 움직여도 쉽게 **폭발해서** 자주 **사고**가 일어났습니다.

'사람들에게 좀 더 안전한 **고체** 화약을 만들어야겠어. 고체 화약은 운반할 때에 폭발 위험이 없을 거야.'

2 노벨은 열심히 연구하여 드디어 고체 화약인 다이너마이트를 만들었습니다. 다이너마이트는 큰 건물이나 도로를 지을 때 많이 쓰였고 그는 다이너마이트 덕분에 큰 부자가 되었습니다.

낱말 풀이

무기 전쟁이나 싸움에 사용되는 기구.

화약 열이나 압력을 받으면 갑자기 큰 소리를 내며 터지면서 한꺼번에 높은 열과 많은 가스와 에너지가 생기는 화학 물질.

폭발해서 폭탄, 압축된 기계 등이 매우 큰 힘을 내며 갑자기 터져서.

사고 뜻밖에 일어난 좋지 않은 일.

고체 일정한 굳은 모양과 부피를 가지고 있어서 만지고 볼 수 있는 물체. 예 물은 액체 상태이고, 얼음은 **고체** 상태이다.

발단 전개 요약

3 글 **1**~**2**를 읽고 빈칸에 알맞은 낱말을 쓰세요.

노벨은 어릴 때부터 화약에 관심을 가졌고, ☐☐☐ 고체 화약을 만들고 싶어 함. 노벨은 고체 화약인 다이너마이트를 만들어 부자가 됨.

❸ 그러나 사람들이 다이너마이트를 전쟁 무기로 쓰자 노벨은 무척 괴로워했습니다.

'사람들을 편리하게 하려고 만든 다이너마이트가 사람을 죽이는 무기로 쓰이다니……. 다이너마이트로 번 돈이라도 쓸모 있게 써야겠다.'

그는 오래 생각한 끝에 노벨상을 만들었습니다.

"전 세계 사람들 가운데 세계 **평화**와 발전을 이루려고 노력한 사람을 뽑아 노벨상과 **상금**을 주기를 바랍니다."

라는 말을 남기고 노벨은 세상을 떠났습니다.

❹ 노벨상은 지금까지도 세계에서 가장 이름 있는 상으로 여겨집니다. 사람들은 노벨상을 누가 받을지 궁금해하며 노벨상을 받은 사람은 그 상을 무척 자랑스러워합니다.

낱말 풀이

평화 나라나 사람들 사이에 심한 싸움이 없는 조용한 상태. 예 전쟁이 끝나자 두 나라에 평화가 찾아왔다.
상금 상으로 주는 돈.

절정 요약

1 핵심어를 두 가지 찾아 ○표 하세요.

그러나 , 전쟁 무기 , 노벨상

2 밑줄 친 부분 중 틀린 낱말을 알맞은 낱말로 고쳐 쓰세요.

노벨은 다이너마이트가 공장 무기로 쓰이자 괴로워하다가 <u>노벨상</u>을 만듦.

(　　　　　　　　)

➡ (　　　　　　　　)

결말 요약

1 핵심어를 두 가지 찾아 ○표 하세요.

세계에서 가장 이름 있는 상 , 노벨상 , 무척

2 밑줄 친 부분 중 틀린 낱말을 알맞은 낱말로 고쳐 쓰세요.

<u>미술상</u>은 세계에서 가장 이름 있는 상으로 여겨짐.

(　　　　　　　　)

➡ (　　　　　　　　)

절정 결말 요약

3 글 ❸~❹를 읽고 빈칸에 알맞은 낱말을 쓰세요.

노벨은 　□□□□□□ 이/가 전쟁 무기로 쓰이자 괴로워하다가 노벨상을 만듦. 노벨상은 세계에서 가장 이름 있는 상으로 여겨짐.

 요약 하는힘 쑥쑥

 그림 요약

1 그림을 보고 ◯ 안에 이야기 차례에 알맞게 번호를 쓴 다음, ( ) 안에 알맞은 말을 쓰세요.

(1)

노벨은 다이너마이트가 전쟁 무기로 쓰이자 괴로워하다가 노벨상을 만듦.

(2) ④

( )은 세계에서 가장 이름 있는 상으로 여겨짐.

(3)
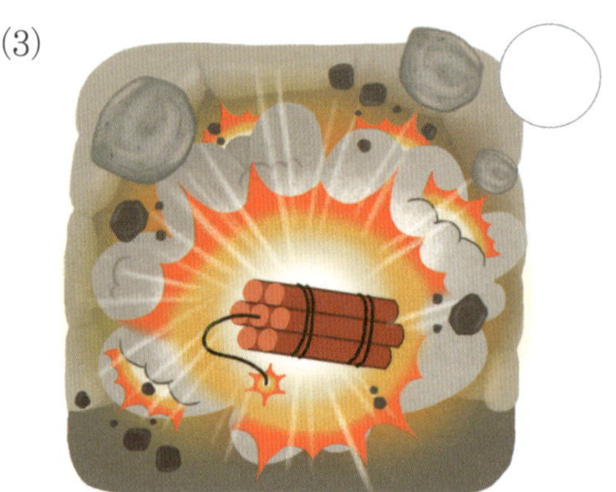
노벨은 고체 화약인 다이너마이트를 만들어 부자가 됨.

(4)

노벨은 화약에 관심을 가졌고, 안전한 고체 ( )을/를 만들고 싶어 함.

 네 줄 요약

2 다음은 「노벨」을 요약한 글입니다. 발단·전개·절정·결말 중 어느 부분이 빈 곳인지 V표 한 다음, 빈 곳에 알맞은 내용을 쓰세요.

　　노벨은 어릴 때부터 화약에 관심을 가졌고, 안전한 고체 화약을 만들고 싶어 했어요. 드디어 노벨은 고체 화약인 다이너마이트를 만들어 부자가 되었어요. 그러나 그는 ____ 노벨상을 만들었어요. 노벨상은 세계에서 가장 이름 있는 상으로 여겨져요.

독해 하는 힘 쑥쑥

지문 이해

1 노벨이 한 일을 모두 찾아 ○표 하세요.

(1) 세계 곳곳에서 일어나는 전쟁을 멈추었다.

(2) 액체 화약보다 안전한 고체 화약 다이너마이트를 만들었다.

(3) 세계 평화와 발전을 이루려고 애쓴 사람에게 주는 노벨상을 만들었다.

어휘 이해

2 다음 글자판에서 알맞은 낱말을 골라 □표 하고, 빈칸에 알맞은 낱말을 쓰세요.

무	노	벨	상	폭
기	사	고	금	발
고	체	공	장	하
	발	명	하	다
평	화	쓸	모	

(1) 상으로 주는 돈.

(2) 전쟁이나 싸움에 사용되는 기구.

(3) 폭탄, 압축된 기계 등이 매우 큰 힘을 내며 갑자기 터지다.

(4) 일정한 굳은 모양과 부피를 가지고 있어서 만지고 볼 수 있는 물체.

13 일 링컨

발단 요약

1 핵심어를 두 가지 찾아 ○표 하세요.

링컨 , 집안일 , 변호사

2 밑줄 친 부분 중 틀린 낱말을 알맞은 낱말로 고쳐 쓰세요.

링컨은 미국에서 가난한 농부의 아들로 태어나 <u>가수</u>가 되었음.

(   )

➔ (   )

전개 요약

1 핵심어를 두 가지 찾아 ○표 하세요.

어느 날 , 노예 제도 , 없애겠다고

2 밑줄 친 부분 중 틀린 낱말을 알맞은 낱말로 고쳐 쓰세요.

링컨은 시장에서 <u>백인</u> 노예를 사고파는 모습을 보고 노예 제도를 없애겠다고 다짐함.

(   )

➔ (   )

❶ 링컨은 미국에서 가난한 농부의 아들로 태어났습니다. 집안일을 도우느라 학교를 다니지 못했지만 책읽기를 좋아했습니다. 그는 열심히 공부해 **변호사**가 되었습니다.

❷ 어느 날 링컨은 시장에서 **흑인 노예**를 물건처럼 사고파는 모습을 보았습니다. 아프리카에서 데려온 흑인들은 옷도 제대로 못 입고 끈에 묶인 채 시장에 놓인 물건처럼 줄지어 서 있었습니다.

'피부색이 다르다고 어떻게 사람이 사람을 사고파는가?'

링컨은 너무 놀랍고 가슴이 아팠습니다. 그는 노예 **제도**를 없애겠다고 다짐했습니다.

> **낱말 풀이**
>
> **변호사** 일정한 자격을 가지고 소송 당사자가 의뢰하거나 법원이 지정하여 소송하는 사람을 변호하고 소송에 관한 업무를 전문으로 하는 사람.
>
> **흑인** 흑색 인종에 속하는 사람.
>
> **노예** 남에게 속한 재산이 되어 남이 시키는 일을 해야 하며 물건처럼 사고파는 대상이 되는 사람.
>
> **제도** 한 사회나 기관의 일정한 조직을 유지하고 일을 진행하려고 정한 절차·방법·원칙 등. 예 인간의 생명은 소중하므로 사형 **제도**는 없애야 한다.

발단 전개 요약

3 글 ❶~❷를 읽고 빈칸에 알맞은 낱말을 쓰세요.

링컨은 미국에서 가난한 농부의 아들로 태어나 변호사가 되었음. 링컨은 시장에서 흑인 노예를 사고파는 모습을 보고 노예 ☐☐ 을/를 없애겠다고 다짐함.

❸ 링컨은 대통령이 되자 노예를 **해방하려고** 했습니다. 북부 지방 사람들은 노예 해방에 찬성했지만 남부 지방 사람들은 흑인 노예가 없으면 농사를 지을 수 없다며 반대했습니다.

그 결과 미국에 남북 전쟁이 일어났습니다. 힘겨운 싸움 끝에 북부 지방이 승리하여 전쟁이 끝나자 링컨은 노예 해방 **선언**을 했습니다.

"모든 노예를 해방하기로 선언합니다."

드디어 노예들이 자유를 찾았습니다.

❹ 링컨은 미국에서 가장 훌륭한 대통령으로 **손꼽힙니다.** 링컨이 걸어온 삶은 인간을 **존중하고 평등하게** 대해야 한다는 것을 가르쳐 줍니다.

낱말 풀이

해방하려고 억눌림이나 얽매임에서 벗어나려고.
선언 널리 펴서 말함. 또는 그런 내용. 예 학급 회장이 폐회 **선언**을 해서 회의가 끝났다.
손꼽힙니다 여럿 중에서 뛰어나다고 여겨집니다.
존중하고 높이어 귀중하게 대하고.
평등하게 권리, 의무, 자격 등이 차별 없이 고르고 한결같게.

절정 요약

1 핵심어를 두 가지 찾아 ○표 하세요.

대통령 , 농사 , 노예 해방 선언

2 밑줄 친 부분 중 틀린 낱말을 알맞은 낱말로 고쳐 쓰세요.

대통령이 된 링컨은 <u>남북</u> 전쟁이 끝나자 <u>농부</u> 해방 선언을 함.

(　　　　　　　　)

➡ (　　　　　　　　　　)

결말 요약

1 핵심어를 두 가지 찾아 ○표 하세요.

가장 , 존중하고 , 평등하게

2 밑줄 친 부분 중 틀린 낱말을 알맞은 낱말로 고쳐 쓰세요.

링컨 대통령은 인간을 존중하고 <u>다르게</u> 대해야 함을 <u>가르쳐</u> 줌.

(　　　　　　　　)

➡ (　　　　　　　　　　)

절정 결말 요약

3 글 ❸ ~ ❹ 를 읽고 빈칸에 알맞은 낱말을 쓰세요.

링컨은 대통령이 되었고 남북 전쟁이 끝나자 노예 해방 선언을 함.

링컨은 인간을 [　] [　] 하고 평등하게 대해야 함을 가르쳐 줌.

요약하는힘 쑥쑥

1 그림을 보고 ◯ 안에 이야기 차례에 알맞게 번호를 쓴 다음, ( ) 안에 알맞은 말을 쓰세요.

(1)

링컨은 시장에서 흑인 ( )을/를 보고 노예 제도를 없애겠다고 다짐함.

(2)

링컨은 인간을 존중하고 평등하게 대해야 함을 가르쳐 줌.

(3)

링컨은 대통령이 되었고 남북 전쟁이 끝나자 노예 ( ) 선언을 함.

(4)

링컨은 미국에서 가난한 농부의 아들로 태어나 변호사가 되었음.

2 다음은 「링컨」을 요약한 글입니다. 발단·전개·절정·결말 중 어느 부분이 빈 곳인지 V표 한 다음, 빈 곳에 알맞은 내용을 쓰세요.

　링컨은 미국에서 가난한 농부의 아들로 태어나 변호사가 되었어요. 그는 시장에서 흑인 노예를 보고 노예 제도를 없애겠다고 다짐했어요. 링컨은 대통령이 되었고 ________________________________

________________________________ .

링컨은 인간을 존중하고 평등하게 대해야 함을 가르쳐 주었어요.

지문이해

1 링컨에게 본받을 점으로 알맞은 것을 찾아 ○표 하세요.

(1) 부모님께 효도를 다했다.

(2) 인간을 존중하고 평등하게 대하려고 노력했다.

(3) 미국과 이웃 나라가 사이좋게 지내도록 노력했다.

(4) 미국을 전 세계에서 가장 잘사는 나라로 만들었다.

어휘이해

2 같은 색의 글자 카드를 연결해 다음 뜻에 알맞은 낱말을 빈칸에 쓰세요.

다	손	등	꼽	방	하
해	선	다	평	언	히

(1) 널리 펴서 말함. 또는 그런 내용.

(2) 억눌림이나 얽매임에서 벗어남.

(3) 여럿 중에서 뛰어나다고 여겨지다.

(4) 권리, 의무, 자격 등이 차별 없이 고르고 한결같다.

14_일 공자

발단 요약

1 핵심어를 두 가지 찾아 ○표 하세요.

공자 , 춘추 시대 , 서로

2 밑줄 친 부분 중 틀린 낱말을 알맞은 낱말로 고쳐 쓰세요.

공자는 춘추 시대 송나라에서 태어나 바른 생각으로 어지러운 세상을 구하려고 열심히 공부함.

(　　　　　　　)

➜ (　　　　　　　　)

전개 요약

1 핵심어를 두 가지 찾아 ○표 하세요.

이런 , 벼슬길 , 나랏일

2 밑줄 친 부분 중 틀린 낱말을 알맞은 낱말로 고쳐 쓰세요.

공자는 벼슬길에 나아가 농사일을 열심히 함.

(　　　　　　　)

➜ (　　　　　　　　)

---

1 공자는 **춘추 시대** 중국 노나라에서 태어났습니다. 춘추 시대에는 아주 많은 나라들이 서로 힘을 **겨루며** 세상이 어지러운 때였습니다. 공자는 바른 생각으로 어지러운 세상을 구하려고 열심히 공부했습니다.

2 "노나라를 잘 다스릴 수 있게 도움을 주시오."

공자가 훌륭한 인물이라고 소문이 나자 노나라 임금은 그를 불러 높은 **벼슬**을 내렸습니다.

'**어진** 마음으로 **예의**를 지키는 바른 세상을 만들어야 한다.'

공자는 이런 생각으로 벼슬길에 나아가 **나랏일**을 열심히 하며 노나라 임금이 나라를 바르게 다스리도록 도왔습니다.

낱말 풀이

춘추 시대 중국 주나라가 동쪽으로 도읍을 옮긴 약 360년간 전쟁으로 난리가 난 시대.

겨루며 서로 버티어 승부를 다투며. 예 청군과 백군이 승부를 **겨루며** 달리기를 한다.

벼슬 정부나 관청 등에 나가 나랏일을 맡아 다스리는 자리.

어진 마음이 너그럽고 착하며 슬기롭고 덕이 높은.

예의 존경의 뜻을 표하려고 예로써 나타내는 말투나 몸가짐.

나랏일 나라에 관한 일. 또는 나라의 정치에 관한 일.

발단 전개 요약

3 글 **1** ~ **2** 를 읽고 빈칸에 알맞은 낱말을 쓰세요.

공자는 춘추 시대 노나라에서 태어나 바른 □□(으)로 어지러운 세상을 구하려고 열심히 공부함. 공자는 벼슬길에 나아가 나랏일을 열심히 함.

3 노나라의 힘이 강해지자 노나라 임금은 나랏일을 **게을리했습니다**. 공자는 임금에게 나랏일을 열심히 돌보아야 한다고 여러 번 말했지만 임금은 귀 기울여 듣지 않았습니다.

화가 난 임금은 공자를 노나라에서 쫓아냈습니다. 공자는 **제자**들과 함께 중국 땅을 떠돌아다니며 그의 생각을 많은 사람들에게 전했습니다.

4 공자가 세상을 떠난 뒤에도 그의 제자들은 공자의 훌륭한 가르침을 오래 남기려고 「논어」를 썼습니다. 공자의 가르침은 **유교**의 바탕이 되어 지금까지도 우리에게 중요한 생각으로 자리잡았습니다.

> **낱말 풀이**
> **게을리했습니다** 움직이거나 일하기를 몹시 싫어하여 제대로 하지 않았습니다.
> **제자** 스승으로부터 가르침을 받거나 받은 사람. 예 선생님께서는 **제자**들에게 졸업 선물을 주셨다.
> **유교** 인과 예를 근본으로 하는 정치와 도덕의 실천을 주장하는 유학의 가르침.

절정 요약

1 핵심어를 두 가지 찾아 ○표 하세요.

　여러 번 , 그의 생각 , 전했습니다

2 밑줄 친 부분 중 틀린 낱말을 알맞은 낱말로 고쳐 쓰세요.

　공자는 청나라에서 쫓겨나 중국을 떠돌며 그의 생각을 전함.

　(　　　　　　　)

　➡ (　　　　　　　　)

결말 요약

1 핵심어를 두 가지 찾아 ○표 하세요.

　세상 , 가르침 , 유교의 바탕

2 밑줄 친 부분 중 틀린 낱말을 알맞은 낱말로 고쳐 쓰세요.

　공자가 남긴 가르침은 기독교의 바탕이 되어 우리에게 중요한 생각으로 자리잡음.

　(　　　　　　　)

　➡ (　　　　　　　　)

절정 결말 요약

3 글 **3**~**4**를 읽고 빈칸에 알맞은 낱말을 쓰세요.

공자는 노나라에서 쫓겨나 중국을 떠돌며 그의 생각을 전함. 공자가 남긴 　□□□ 은/는 유교의 바탕이 되어 우리에게 중요한 생각으로 자리잡음.

 그림요약

1 그림을 보고 ◯ 안에 이야기 차례에 알맞게 번호를 쓴 다음, ( ) 안에 알맞은 말을 쓰세요.

(1)

공자는 노나라에서 쫓겨나 중국을 떠돌며 그의 생각을 전함.

(2)

공자는 벼슬길에 나아가 ( ) 을/를 열심히 함.

(3)

공자가 남긴 가르침은 유교의 바탕이 되어 우리에게 중요한 생각으로 자리잡음.

(4) ①

공자는 ( ) 시대 노나라에서 태어나 열심히 공부함.

 네줄요약

2 다음은 「공자」를 요약한 글입니다. 발단·전개·절정·결말 중 어느 부분이 빈 곳인지 V표 한 다음, 빈 곳에 알맞은 내용을 쓰세요.

　공자는 춘추 시대 노나라에서 태어나 열심히 공부했어요. 그 뒤 벼슬길에 나아가 나랏일을 열심히 했어요. 공자는 ＿＿＿＿＿＿＿＿＿＿＿＿＿＿＿＿＿＿＿＿＿＿＿＿＿＿＿＿＿＿＿＿＿＿＿＿. 공자가 남긴 가르침은 유교의 바탕이 되어 우리에게 중요한 생각으로 자리잡았어요.

독해 하는 힘 쑥쑥

지문이해

1 공자가 전하는 가르침으로 알맞은 것을 찾아 ○표 하세요.

(1) 벼슬길에 나가면 안 된다.

(2) 임금의 말을 잘 따라야 한다.

(3) 다른 나라보다 잘사는 나라를 만들어야 한다.

(4) 어진 마음으로 예의를 지키는 바른 세상을 만들어야 한다.

어휘이해

2 다음 주머니에서 알맞은 낱말을 골라 빈칸에 쓰세요.

(1) 서로 버티어 승부를 다투다.

(2) 마음이 너그럽고 착하며 슬기롭고 덕이 높다.

(3) 존경의 뜻을 표하려고 예로써 나타내는 말투나 몸가짐.

(4) 정부나 관청 따위에 나가서 나랏일을 맡아 다스리는 자리.

15일 마리 퀴리

발단 요약

1 핵심어를 두 가지 찾아 ○표 하세요.

마리 퀴리 , 과학자 , 남아

2 밑줄 친 부분 중 틀린 낱말을 알맞은 낱말로 고쳐 쓰세요.

마리 퀴리는 폴란드에서 태어난 <u>의사</u>임.

(   )

➡ (   )

전개 요약

1 핵심어를 두 가지 찾아 ○표 하세요.

빗물 , 연구했습니다 , 폴로늄

2 밑줄 친 부분 중 틀린 낱말을 알맞은 낱말로 고쳐 쓰세요.

퀴리는 새로운 물질을 연구하여 <u>빛</u>을 발견함.

(   )

➡ (   )

---

1 마리 퀴리는 폴란드에서 태어난 **과학자**입니다. 프랑스에서 과학 공부를 마치고 프랑스에 남아 과학 연구를 했습니다.

2 퀴리는 빗물이 줄줄 새는 낡은 실험실에서 새로운 **물질**을 밤을 **새우며** 열심히 연구했습니다.

"와! 저 돌에서 푸르스름한 빛이 나는구나. 실험에 성공했다!"

퀴리는 실험 결과 빛을 내는 물질을 발견했습니다. 이 물질에 퀴리가 태어난 나라인 '폴란드'를 붙여 '폴로늄'이라고 이름 붙였습니다.

낱말 풀이

과학자 과학을 전문으로 연구하는 사람.

물질 세상의 온갖 것을 이루며, 보고 만질 수 있거나 과학적으로 다룰 수 있는 것. 예 정수기는 오염 **물질**을 걸러 준다.

새우며 한숨도 자지 아니하고 밤을 지내며. 예 밤을 **새우며** 책을 읽었다.

발단 전개 요약

3 글 **1**~**2**를 읽고 빈칸에 알맞은 낱말을 쓰세요.

마리 퀴리는 [ ][ ][ ] 에서 태어난 과학자임. 퀴리는 새로운 물질을 연구하여 폴로늄을 발견함.

❸ 그 뒤 연구를 거듭하여 더 강한 빛을 내는 '라듐'을 발견했습니다. 라듐은 어두운 데서도 스스로 빛을 내는 **방사능** 물질입니다. '라듐'은 암을 치료하는 데 쓰이기도 하며 사람들에게 도움을 주는 고마운 물질입니다. 라듐의 발견은 퀴리에게 큰돈을 벌 수 있는 기회를 주었습니다.

'나는 사람들에게 도움을 주는 연구를 하고 싶어. 내 이름을 알리거나 돈을 벌려고 연구하고 싶지 않아. 누구나 라듐을 연구하고 발전하게 하자.'

퀴리는 아무 **대가**도 받지 않고 누구나 라듐을 연구하고 사용하게 허락했습니다.

❹ 퀴리는 라듐을 발견한 뒤에도 라듐 연구에 일생을 바쳤습니다. 그녀는 사람에게 도움을 주는 물질을 발견한 **공**을 인정받아 노벨상을 두 번이나 받았습니다. 그녀는 과학을 사랑하는 마음으로 과학 발전을 이룬 위대한 과학자입니다.

낱말 풀이
방사능 라듐, 우라늄 등의 특수한 물질이 내뿜는 강력한 힘.
대가 일을 하고 그에 대한 값으로 받는 보수.
공 노력으로 이룬 훌륭한 일. 예 이순신 상군은 전쟁에서 큰 **공**을 세웠다.

절정 요약

1 핵심어를 두 가지 찾아 ○표 하세요.

'라듐'을 발견 , 스스로 , 허락

2 밑줄 친 부분 중 틀린 낱말을 알맞은 낱말로 고쳐 쓰세요.

퀴리는 <u>폴로늄</u>을 발견하여 누구나 사용할 수 있게 <u>허락함</u>.

(   )
→ (   )

결말 요약

1 핵심어를 두 가지 찾아 ○표 하세요.

사람 , 노벨상 , 위대한 과학자

2 밑줄 친 부분 중 틀린 낱말을 알맞은 낱말로 고쳐 쓰세요.

퀴리는 <u>노벨상</u>을 두 번 받았고, <u>예술</u>을 사랑한 위대한 과학자임.

(   )
→ (   )

질정 결말 요약

3 글 ❸~❹를 읽고 빈칸에 알맞은 낱말을 쓰세요.

퀴리는 라듐을 발견하여 누구나 사용할 수 있게 허락함. 퀴리는 노벨상을 두 번 받았고, 과학을 사랑한 위대한 □□□임.

요약하는힘 쑥쑥

1 그림을 보고 ◯ 안에 이야기 차례에 알맞게 번호를 쓴 다음, ( ) 안에 알맞은 말을 쓰세요.

(1)

퀴리는 라듐을 발견하여 누구나 사용할 수 있게 허락함.

(2)

마리 퀴리는 ( )에서 태어난 과학자임.

(3)

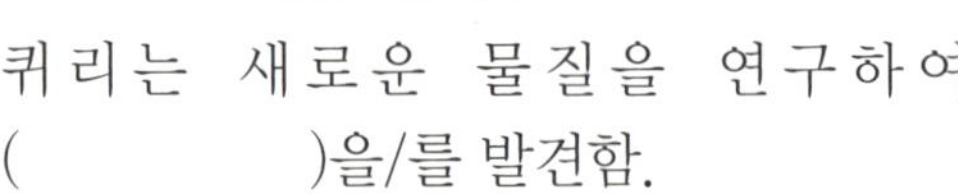
퀴리는 새로운 물질을 연구하여 ( )을/를 발견함.

(4)

퀴리는 노벨상을 두 번 받았고, 과학을 사랑한 위대한 과학자임.

2 다음은 「마리 퀴리」를 요약한 글입니다. 발단·전개·절정·결말 중 어느 부분이 빈 곳인지 V표 한 다음, 빈 곳에 알맞은 내용을 쓰세요.

마리 퀴리는 폴란드에서 태어난 과학자예요. 퀴리는 ___________________

____.

그리고 퀴리는 라듐도 발견하여 누구나 사용할 수 있게 허락했어요. 그녀는 노벨상을 두 번 받았고, 과학을 사랑한 위대한 과학자예요.

독해 하는 힘 쑥쑥

지문 이해

1 마리 퀴리에게 존경할 만한 점으로 알맞은 것을 찾아 ○표 하세요.

(1) 폴란드의 독립을 이루려고 노력했다.

(2) 폴란드 문화의 우수함을 세계에 알렸다.

(3) 라듐을 발견하여 과학 발전을 이끌었다.

(4) 사람들에게 라듐이 위험하다는 것을 처음 알렸다.

어휘 이해

2 다음 낱말 카드에서 글자를 찾아 낱말 뜻에 알맞은 낱말을 빈칸에 쓰세요.

공	능	다	대

가	방	사	새	우

(1) 노력으로 이룬 훌륭한 일.

(2) 한숨도 자지 아니하고 밤을 지내다.

(3) 일을 하고 그에 대한 값으로 받는 보수.

(4) 라듐, 우라늄 등의 특수한 물질이 내뿜는 강력한 힘.

4주 학습 내용

일	세계 위인	중요한 장면 미리 보기	쪽수
16일	구텐베르크	'누구나 손쉽게 책을 읽게 하고 싶어!'	76~79쪽
17일	페스탈로치	"너희가 보고 듣다가 궁금한 것이 생기면 무엇이든지 물어보렴."	80~83쪽
18일	헬렌 켈러	"장애를 가진 사람들이 편리하게 살 수 있게 도와주어야 합니다."	84~87쪽
19일	소크라테스	"너 자신을 알라."	88~91쪽
20일	제인 구달	'침팬지도 사람처럼 도구를 사용할 수 있구나!'	92~95쪽

실전 단계 문제는 이렇게 풀어요

1 핵심어를 세 가지 찾아 ○표 하세요.

구텐베르크, 발명, 인쇄 기술, 끈으로

발단, **전개**, **절정**, **결말** 1번 문제는 모두 핵심어를 세 가지 찾아 ○표 하기예요.

---

2 글에서 틀린 부분을 찾아 알맞게 고쳐 쓰세요.

구텐베르크는 도장 기술을 발명한 발명가임.

(도장)

➡ (인쇄)

발단, **전개**, **설성**, **결말** 2번 문제는 모두 중심 내용에시 틀린 부분을 찾이 알맞게 고져 쓰기예요.

---

3 글 ❶~❷를 읽고 빈칸에 알맞은 낱말을 쓰세요.

구텐베르크는 인쇄 기술을 발명한 **발 명 가** 임. 구텐베르크는 독일에서 인쇄 기술을 연구함.

발단, **전개**, **절정**, **결말** 3번 문제는 모두 빈칸에 알맞은 낱말을 쓰기예요.

16일 구텐베르크

발단 요약

1 핵심어를 세 가지 찾아 ○표 하세요.

구텐베르크 , 발명 , 인쇄 기술 , 끈으로

2 글에서 틀린 부분을 찾아 알맞게 고쳐 쓰세요.

구텐베르크는 도장 기술을 발명한 발명가임.

(   )

➜ (   )

전개 요약

1 핵심어를 세 가지 찾아 ○표 하세요.

누구나, 인쇄 기술 , 독일 , 연구

2 글에서 틀린 부분을 찾아 알맞게 고쳐 쓰세요.

구텐베르크는 프랑스에서 인쇄 기술을 연구함.

(   )

➜ (   )

---

❶ 구텐베르크는 1390년대에 독일에서 태어난 발명가입니다. 그는 전 세계 역사에서 위대한 발명 가운데 하나인 **인쇄** 기술을 발명했습니다. 그전에는 사람이 글자를 직접 쓴 뒤 그 종이를 끈으로 엮어 책을 만들었습니다. 그래서 책이 **귀하고** 많은 사람이 책을 읽기 어려워서 부자나 귀족만 책을 볼 수 있었습니다.

❷ '누구나 손쉽게 책을 읽게 하고 싶어! 책을 한꺼번에 많이 찍어 내는 인쇄 기술을 만들어야겠다!'
구텐베르크는 독일에 실험실을 차리고 연구를 시작했습니다. **금속 활자**를 만들고 활자들을 네모난 판에 짜 넣고 그 판을 **잉크**로 찍어 내는 기술을 연구했습니다.

낱말 풀이

인쇄 글·그림·사진 등을 종이에 그대로 나타나도록 찍는 것.
귀하고 드물어서 구하기나 얻기가 매우 힘들고.
금속 쇠·구리처럼 번들거리는 빛깔이 있고 빛이 통하지 않으며, 열과 전기를 통과시키는 성질이 있는 단단한 물질.
활자 인쇄에 쓰는 작은 쇠붙이 네모 기둥에 글자나 기호를 도드라지게 새긴 것. 예 한글로 된 **활자**.
잉크 글씨를 쓰거나 인쇄하는 데 쓰는, 빛깔 있는 액체.

발단 전개 요약

3 글 ❶~❷를 읽고 빈칸에 알맞은 낱말을 쓰세요.

구텐베르크는 인쇄 기술을 발명한 □□□ 임. 구텐베르크는 독일에서 인쇄 기술을 연구함.

❸ 구텐베르크는 실패를 거듭하며 삼 년 동안 연구한 끝에 드디어 인쇄 기술을 발명했습니다. 이 기술로 『42행 **성서**』를 찍어 냈습니다. 드디어 많은 사람들이 성서를 읽게 되었습니다.

"오! 이 책이 손으로 쓴 책이 아니라 구텐베르크가 발명한 인쇄 기술로 찍어 낸 책이구나. 이제 책을 손쉽게 볼 수 있게 되었어."

❹ 구텐베르크는 안타깝게도 연구할 때 도움을 준 푸스트에게 인쇄 기계를 빼앗겼습니다. 그래서 그는 큰돈을 벌지 못했습니다. 하지만 그가 만든 인쇄 기술은 전 세계에 퍼져 **문화**와 과학 발전에 크게 **이바지하며** 전 세계 사람들의 삶을 풍요롭게 했습니다.

낱말풀이

성서 기독교에서 거룩하게 받드는 책.
문화 한 사회의 예술·문화·도덕·종교 등의 정신적 활동의 바탕.
이바지하며 도움이 되게 하며. 예 윤봉길 의사는 우리나라 독립에 **이바지하며** 애국심을 높였다.

절정 요약

1 핵심어를 세 가지 찾아 ○표 하세요.

인쇄 기술 , 발명 ,『42행 성서』, 손쉽게

2 글에서 틀린 부분을 찾아 알맞게 고쳐 쓰세요.

구텐베르크가 인쇄 기술을 발명하여『42행 동화』를 찍어 냄.

(　　　　　　　)

➡ (　　　　　　　)

결말 요약

1 핵심어를 세 가지 찾아 ○표 하세요.

인쇄 기술 , 문화와 과학 발전 , 이바지 , 하지만

2 글에서 틀린 부분을 찾아 알맞게 고쳐 쓰세요.

구텐베르크가 발명한 인쇄 기술은 문화와 과학 발전에 이바지하고 삶을 어렵게 함.

(　　　　　　　)

➡ (　　　　　　　)

절정 결말 요약

3 글 ❸~❹를 읽고 빈칸에 알맞은 낱말을 쓰세요.

구텐베르크가 인쇄 기술을 발명하여 『42행 성서』를 찍어 냄. 구텐베르크가 발명한 인쇄 기술은 문화와 [　][　] 발전에 이바지하고 삶을 풍요롭게 함.

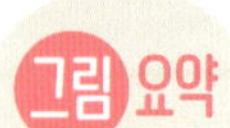 
요약 하는힘 쑥쑥

1 그림을 보고 ◯ 안에 이야기 차례에 알맞게 번호를 쓴 다음, (   ) 안에 알맞은 말을 쓰세요.

(1)

구텐베르크는 (   ) 기술을 발명한 발명가임.

(2)

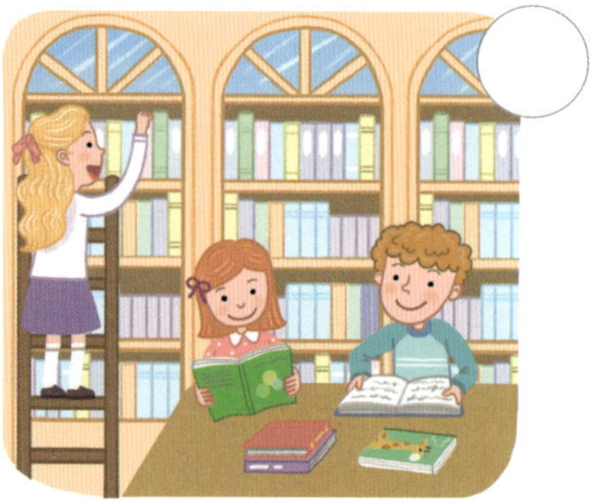

인쇄 기술은 (   )과/와 과학 발전에 이바지하고 삶을 풍요롭게 함.

(3)

구텐베르크는 독일에서 인쇄 기술을 (   )함.

(4)

구텐베르크가 인쇄 기술을 발명하여 『42행 성서』를 찍어 냄.

2 다음은 「구텐베르크」를 요약한 글입니다. 발단·전개·절정·결말 중 어느 부분이 빈 곳인지 두 군데 V표 한 다음, 빈 곳에 알맞은 내용을 쓰세요.

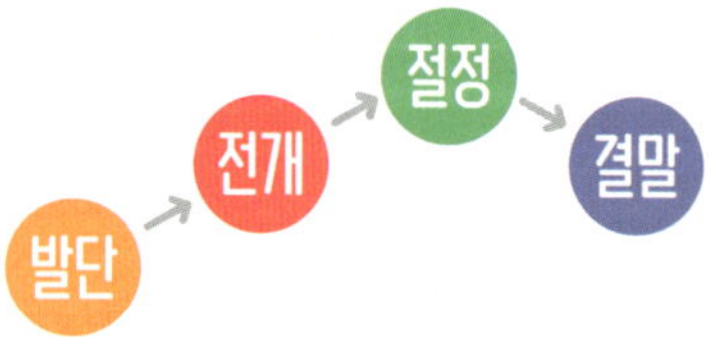

구텐베르크는 인쇄 기술을 발명한 발명가예요. 그는 독일에서 ＿＿＿＿＿＿＿＿＿＿＿＿＿＿＿＿＿＿＿＿＿＿＿＿＿＿＿＿. 드디어 그는 ＿＿＿＿＿＿＿＿＿＿＿＿＿＿＿＿＿＿＿＿＿＿＿＿＿. 그가 발명한 인쇄 기술은 문화와 과학 발전에 이바지하고 삶을 풍요롭게 했어요.

지문이해

1 구텐베르크가 한 일을 알맞게 말한 친구를 찾아 ○표 하세요.

(1) 고운: 인쇄 기술을 발명하여 지금 우리가 손쉽게 책을 읽을 수 있어.

(2) 나무: 여러 나라의 유명한 책을 모아서 많은 사람들에게 보여 주었어.

(3) 하영: 인쇄 기술을 발명하여 세계 여러 나라에서 벌어지는 전쟁을 끝냈어.

(4) 해린: 인쇄 기계를 팔아서 번 큰돈으로 독일의 문학가들에게 도움을 주었어.

어휘이해

2 같은 색의 글자 카드를 연결해 다음 뜻에 알맞은 낱말을 빈칸에 쓰세요.

지	귀	서	하	크
잉	이	성	바	다

(1) 도움이 되게 하다. ☐☐☐ 하다

(2) 기독교에서 거룩하게 받드는 책. ☐☐

(3) 드물어서 구하기나 얻기가 매우 힘들다. ☐☐☐

(4) 글씨를 쓰거나 인쇄하는 데 쓰는, 빛깔 있는 액체. ☐☐

17일 페스탈로치

발단 요약

1 핵심어를 세 가지 찾아 ○표 하세요.

여기서 , 유리 조각 , 페스탈로치 , 아이들을 깊이 사랑

2 글에서 틀린 부분을 찾아 알맞게 고쳐 쓰세요.

페스탈로치는 유리 조각을 주울 만큼 나무들을 깊이 사랑함.

(　　　　　　　　)

　　➜ (　　　　　　　　　)

전개 요약

1 핵심어를 세 가지 찾아 ○표 하세요.

전쟁 고아 , 사랑 , 그리고 , 학교

2 글에서 틀린 부분을 찾아 알맞게 고쳐 쓰세요.

페스탈로치는 전쟁 고아를 사랑으로 가르치고, 가난한 아이들이 다니는 교회를 세움.

(　　　　　　　　)

　　➜ (　　　　　　　　　)

1 "**영감**님, 여기서 뭐 하세요?"

경찰관이 물었습니다.

"맨발로 뛰어노는 아이들이 유리 조각에 다칠까 봐 줍고 있었소."

페스탈로치는 아이들을 깊이 사랑했습니다.

2 스위스에 프랑스 군대가 쳐들어와 전쟁 **고아**들이 많이 생겼습니다. 페스탈로치는 고아원을 **맡아** 전쟁 고아들을 사랑으로 가르쳤습니다.

그리고 가난한 아이들이 다닐 수 있는 학교를 세우기도 했습니다.

> **낱말 풀이**
> **영감** 나이가 많은 남자를 대접하여 이르는 말.
> **고아** 부모가 없는 아이.
> **맡아** 어떤 일에 대한 책임을 지고 담당하여. 예 이번 학기에 학급 회장을 **맡아** 우리 반 환경을 깨끗하게 하였다.

발단 전개 요약

3 글 **1**~**2**를 읽고 빈칸에 알맞은 낱말을 쓰세요.

페스탈로치는 유리 조각을 주울 만큼 아이들을 깊이 사랑함. 페스탈로치는 전쟁 고아를 □□으로 가르치고, 가난한 아이들이 다니는 학교를 세움.

❸ 페스탈로치는 좋은 세상을 만드는 데 **교육**이 중요하다고 생각했습니다. 그래서 아이들을 사랑하는 마음으로 새로운 교육 방법을 만들어 실천했습니다.

"너희가 보고 듣다가 궁금한 것이 생기면 무엇이든지 물어보렴. 그리고 떨어지는 나뭇잎, 하늘, 흐르는 물을 보고 듣고 만지며 느껴 보렴."

그는 **무조건** 외우게 하지 않고, 궁금한 것을 무엇이든지 물어보며 배워 가도록 했습니다. 또한 **사물**을 보고 듣고 만지고 느끼며 **경험**으로 배우게 했습니다.

"학교가 신나는 놀이터 같아."

아이들은 행복하게 공부하고 성적도 올랐습니다.

❹ 페스탈로치가 만든 새로운 교육 방법은 초등학교 교육의 **기초**가 되었습니다. 그는 교육에 자신의 삶을 **바친** 위대한 교육가입니다.

낱말 풀이

교육 개인의 능력을 키우기 위하여 지식이나 기술 등을 가르치는 일.

무조건 이리저리 살피지 아니하고 덮어놓고.

사물 세상의 온갖 물건. 예 눈물이 나서 눈앞에 있는 **사물**이 흐릿하게 보였다.

경험 자신이 실제로 해 보거나 느끼는 것.

기초 사물이 이루어지는 바탕이나 토대.

바친 무엇을 위하여 모든 것을 아낌없이 내놓거나 쓴.

절정 요약

1 핵심어를 세 가지 찾아 ○표 하세요.

새로운 교육 방법 , 물어보며 , 경험 , 신나는

2 글에서 틀린 부분을 찾아 알맞게 고쳐 쓰세요.

페스탈로치는 무엇이든 물어보며 경험으로 배우는 새로운 요리 방법을 만들어 실천함.

(　　　　　　　) ➡ (　　　　　　　　)

결말 요약

1 핵심어를 세 가지 찾아 ○표 하세요.

페스탈로치 , 새로운 교육 방법 , 초등학교 교육의 기초 , 삶

2 글에서 틀린 부분을 찾아 알맞게 고쳐 쓰세요.

페스탈로치가 만든 새로운 교육 방법은 대학교 교육의 기초가 됨.

(　　　　　　　) ➡ (　　　　　　　　)

절정 결말 요약

3 글 ❸ ~ ❹ 를 읽고 빈칸에 알맞은 낱말을 쓰세요.

페스탈로치는 무엇이든 물어보며, ☐☐ (으)로 배우는 새로운 교육 방법을 만들어 실천함. 페스탈로치가 만든 새로운 교육 방법은 초등학교 교육의 기초가 됨.

1 그림을 보고 ◯ 안에 이야기 차례에 알맞게 번호를 쓴 다음, (   ) 안에 알맞은 말을 쓰세요.

(1)

페스탈로치는 전쟁 고아를 사랑으로 가르치고, (   )을/를 세움.

(2)

페스탈로치가 만든 새로운 (   ) 방법은 초등학교 교육의 기초가 됨.

(3)

페스탈로치는 무엇이든지 물어보고, 경험으로 배우는 새로운 교육 방법을 만듦.

(4)

페스탈로치는 유리 조각을 주울 만큼 아이들을 깊이 (   )함.

2  다음은 「페스탈로치」를 요약한 글입니다. 발단·전개·절정·결말 중 어느 부분이 빈 곳인지 두 군데 V표 한 다음, 빈 곳에 알맞은 내용을 쓰세요.

　페스탈로치는 유리 조각을 주울 만큼 아이들을 깊이 사랑했어요. 그는 전쟁 고아를 사랑으로 가르치고, _______________________________.
그는 무엇이든지 물어보며 _______________________________
_______________________________. 그 결과
페스탈로치가 만든 새로운 교육 방법은 초등학교 교육의 기초가 되었어요.

지문이해

1 페스탈로치가 생각한 훌륭한 교육 방법으로 알맞은 것을 <u>모두</u> 찾아 ○표 하세요.

(1) 궁금한 것을 질문하며 배운다.

(2) 선생님 말씀을 그대로 따라 한다.

(3) 보고 듣고 느끼며 경험으로 배운다.

(4) 무조건 외워서 많은 지식을 빨리 쌓는다.

어휘이해

2 다음 주머니에서 알맞은 낱말을 골라 빈 곳에 쓰세요.

(1) 전쟁이 일어나면 _______________이/가 많이 생긴다.
　　　　　　　부모가 없는 아이.

(2) _______________이/가 많을수록 좋은 글을 쓸 수 있다.
　　자신이 실제로 해 보거ㅏ 느끼는 것.

(3) 가정에서 부모님께 좋은 _______________을/를 받아야 바르게 자란다.
　　　　　개인의 능력을 키우기 위하여 지식이나 기술 등을 가르치는 일.

(4) 나는 우리 모둠에서 모둠장을 _______________ 모둠 아이들에게 색종이를 나누어 주었다.
　　　　　　　　어떤 일에 대한 책임을 지고 담당하여.

18 _일 헬렌 켈러

발단 요약

1 핵심어를 세 가지 찾아 ○표 하세요.

헬렌 켈러 , 장애 , 자기의 생각 , 설리번 선생님의 도움

2 글에서 틀린 부분을 찾아 알맞게 고쳐 쓰세요.

헬렌 켈러는 장애가 생겨서 설리번 선생님의 꾸중을 받기로 함.

(   )

→ (   )

전개 요약

1 핵심어를 세 가지 찾아 ○표 하세요.

설리번 선생님 , 입으로 말하는 법 , 어느 날 , 대학을 졸업

2 글에서 틀린 부분을 찾아 알맞게 고쳐 쓰세요.

헬렌 켈러는 설리번 선생님께 읽고 쓰고 눈으로 말하는 법을 배우고 마침내 대학을 졸업함.

(   )

→ (   )

---

❶ 헬렌 켈러는 아기 때 **열병**을 심하게 앓아서 보지도 못하고 듣지도 못하는 **장애**가 생겼습니다. 그녀는 자기의 생각을 전할 수 없어서 화를 내고 소리를 질렀습니다. 가족들은 설리번 선생님의 도움을 받기로 했습니다.

❷ 설리번 선생님은 헬렌 켈러에게 글자와 세상을 가르쳐 주었습니다. 어느 날 설리번 선생님은 **펌프** 물에 헬렌 켈러의 손을 대고 손바닥에 '물'이라고 여러 번 써 주었습니다. 마침내 헬렌 켈러는

'모든 사물에 이름이 있구나!'

라고 깨달았습니다. 그 뒤 설리번 선생님의 도움으로 읽고 쓰고 입으로 말하는 법을 익혔습니다. 마침내 그녀는 장애를 이겨 내고 열심히 공부하여 장애인 처음으로 대학을 졸업했습니다.

낱말 풀이

열병 열이 몹시 오르고 심하게 앓는 병.

장애 신체 기능에 어려움이 있거나 정상적인 기능을 하지 못하는 것. 예 교통 사고가 나서 다리에 **장애**가 생겼다.

펌프 공기의 압력을 이용하여 액체를 끌어 올리거나 이동시키는 장치.

발단 전개 요약

3 글 ❶~❷를 읽고 빈칸에 알맞은 낱말을 쓰세요.

헬렌 켈러는 장애가 생겨서 설리번 선생님의 도움을 받기로 함. 헬렌 켈러는 설리번 선생님께 [ ][ ] 쓰고 입으로 말하는 법을 배우고 마침내 대학을 졸업함.

❸ 헬렌 켈러는 장애를 가진 사람들을 도와주고 싶었습니다.

"장애를 가진 사람들이 다니는 학교를 만들고 그들이 편리하게 살 수 있게 도와주어야 합니다."

라고 세계를 돌아다니며 **강연했습니다**. 또한 가난한 학생에게 배움을 주려고 사람들에게 돈을 모으기도 했습니다.

❹ 헬렌 켈러는 한평생 장애를 가진 사람들에게 교육받을 **기회**를 주고 편리한 **환경**을 만들어 주려고 노력했습니다. 그리고 그녀는 장애를 극복하고 장애를 가진 사람들에게 **희망**을 주었습니다.

낱말풀이

강연했습니다 많은 사람들에게 어떤 말할 거리에 대한 자기의 주장·생각·지식 등을 조리 있고 길게 말했습니다.
예 과학자가 환경 오염을 주제로 **강연했습니다**.
기회 무슨 일을 하기에 알맞은 때.
환경 사람과 생물에게 두루 영향을 끼치는 자연이나 사회의 조건이나 상태.
희망 어떤 일을 이루거나 얻고자 하는 것.

절정 **요약**

1 핵심어를 세 가지 찾아 ○표 하세요.

장애를 가진 사람들 , 도와주고 , 강연했습니다 , 또한

2 글에서 틀린 부분을 찾아 알맞게 고쳐 쓰세요.

헬렌 켈러는 용기를 가진 사람들을 도우려고 강연하고 돈을 모으기도 함.

(　　　　　　　　　　)

➡ (　　　　　　　　　　)

결말 **요약**

1 핵심어를 세 가지 찾아 ○표 하세요.

장애를 가진 사람들 , 그리고 , 장애를 극복 , 희망

2 글에서 틀린 부분을 찾아 알맞게 고쳐 쓰세요.

헬렌 켈러는 생김새를 극복하고 장애를 가진 사람들에게 희망을 줌.

(　　　　　　　　　　)

➡ (　　　　　　　　　　)

절정 **결말** **요약**

3 글 ❸～❹를 읽고 빈칸에 알맞은 낱말을 쓰세요.

헬렌 켈러는 장애를 가진 사람들을 도우려고 강연하고 돈을 모으기도 함. 헬렌 켈러는 장애를 극복하고 장애를 가진 사람들에게 　　을/를 줌.

요약 하는힘 쑥쑥

1 그림을 보고 ◯ 안에 이야기 차례에 알맞게 번호를 쓴 다음, ( ) 안에 알맞은 말을 쓰세요.

(1)

헬렌 켈러는 장애를 극복하고 장애를 가진 사람들에게 희망을 줌.

(2)

헬렌 켈러는 (　　　　　　)이/가 생겨서 설리번 선생님의 도움을 받기로 함.

(3)

헬렌 켈러는 장애를 가진 사람들을 도우려고 (　　　　　)하고 돈을 모음.

(4)

(　　　　　) 선생님께 읽고 쓰고 입으로 말하는 법을 배우고 마침내 대학을 졸업함.

2 다음은 「헬렌 켈러」를 요약한 글입니다. 발단·전개·절정·결말 중 어느 부분이 빈 곳인지 두 군데 V표 한 다음, 빈 곳에 알맞은 내용을 쓰세요.

―――――――――――――――――――――――――――――――――――――.

헬렌 켈러는 설리번 선생님께 읽고 쓰고 입으로 말하는 법을 배우고 마침내 대학을 졸업했어요. 그 뒤 그녀는 장애를 가진 사람들을 도우려고 강연하고

―――――――――――――――――――――――――――――――――――――.

그녀는 장애를 극복하고 장애를 가진 사람들에게 희망을 주었어요.

지문이해

1 헬렌 켈러에게 본받을 점으로 알맞은 것을 찾아 ○표 하세요.

(1) 미국을 더욱 잘사는 나라로 만들었다.

(2) 장애를 이겨 내고 남을 도우는 삶을 살았다.

(3) 환경 보호 운동을 펼쳐서 살기 좋은 환경을 만들었다.

어휘이해

2 다음 글자판에서 알맞은 낱말을 골라 □표 하고, 빈칸에 알맞은 낱말을 쓰세요.

기	사	세	상	펌
회	물	학	교	프
환	희	망	졸	업
경	열	병	장	애
강	연	하	다	

(1) 무슨 일을 하기에 알맞은 때.

(2) 열이 몹시 오르고 심하게 앓는 병.

(3) 신체 기능에 어려움이 있거나 정상적인 기능을 하지 못하는 것.

(4) 많은 사람들에게 어떤 말할 거리에 대한 자기의 주장·생각·지식 등을 조리 있고 길게 말하다.

19일 소크라테스

발단 요약

1 핵심어를 세 가지 찾아 ○표 하세요.

소크라테스 , 무렵 , 아테네 , 철학자

2 글에서 틀린 부분을 찾아 알맞게 고쳐 쓰세요.

소크라테스는 그리스 아테네에서 태어난 건축가임.

(   )

→ (   )

전개 요약

1 핵심어를 세 가지 찾아 ○표 하세요.

자기에게 질문하고 답하게 , 스스로 , 진리 , 뜻

2 글에서 틀린 부분을 찾아 알맞게 고쳐 쓰세요.

소크라테스는 자기에게 질문하고 답하게 하여 스스로 영어를 깨닫게 함.

(   )

→ (   )

1 소크라테스는 **기원전** 470년 무렵 그리스 아테네에서 태어난 **철학자**입니다. 소크라테스가 지금까지도 유명한 철학자 가운데 하나로 손꼽히는 까닭은 무엇일까요?

2 소크라테스는 자기의 생각을 사람들에게 직접 말해 주지 않고 사람들이 자기에게 질문하고 답하게 하여 스스로 **진리**를 깨닫게 했습니다. 그는

"너 자신을 알라."

라고 말했습니다. 이 말은 자신이 아무것도 모른다는 사실을 스스로 깨달아야 진리를 깨우칠 수 있고 바르게 행동할 수 있다는 뜻입니다.

낱말 풀이

기원전 예수가 태어난 해 이전.

철학자 인간과 세계에 대한 근본 원리와 삶의 본질 따위를 전문으로 연구하는 사람.

진리 참된 이치. 또는 참된 도리. 예 사람이 태어나고 죽는 것은 **진리**이다.

발단 전개 요약

3 글 **1**~**2**를 읽고 빈칸에 알맞은 낱말을 쓰세요.

소크라테스는 그리스 아테네에서 태어난 철학자임. 소크라테스는 자기에게 질문하고 답하게 하여 ☐☐☐ 진리를 깨닫게 함.

3 점점 소크라테스를 따르는 **제자**들이 많아졌습니다. 그러자 아테네에서 나라를 다스리는 사람들은 소크라테스를 두렵게 느꼈습니다. 그들은 소크라테스에게 **누명**을 씌워 **감옥**에 가두었습니다. 재판에서 **사형**을 받게 되자 그의 친구들은

　"소크라테스, 이런 억울한 **재판**이 어디 있는가? 우리가 도와줄 테니 감옥을 몰래 빠져나오게."

　그러나 소크라테스는 **변명**을 하지 않고 당당한 태도로 사형을 받아들였습니다. 그는 법도 약속이니 약속을 지켜야 한다는 진리를 실천한 것입니다.

4 소크라테스가 세상을 떠난 뒤에도 그를 따르는 제자들은 그의 말을 전했습니다. 그리고 소크라테스의 말은 그를 뒤따르는 철학자들에게 많은 영향을 끼쳤습니다.

낱말 풀이

제자 스승으로부터 가르침을 받거나 받은 사람. 예 유명한 탁구 선수의 **제자**인 삼촌.
누명 사실이 아닌 일 때문에 억울하게 얻은 나쁜 평판. 예 동생이 나에게 간식을 먹었다는 **누명**을 씌워 억울했다.
감옥 죄인을 가두어 두는 곳.
사형 죄수의 생명을 끊는, 가장 무거운 형벌.
재판 법원에서 소송 사건을 법률에 따라 판결하는 것.
변명 어떤 잘못이나 실수에 구실을 대며 그 까닭을 말함.

전개 요약

1 핵심어를 세 가지 찾아 ○표 하세요.

점점 , 누명 , 사형 , 진리를 실천

2 글에서 틀린 부분을 찾아 알맞게 고쳐 쓰세요.

소크라테스는 누명을 쓰고 병원에 갇혀서 법을 지키려고 당당하게 사형을 받아들여 진리를 실천함.

(　　　　　　　　)
➡ (　　　　　　　　)

결말 요약

1 핵심어를 세 가지 찾아 ○표 하세요.

그리고 , 제자 , 철학자들 , 영향

2 글에서 틀린 부분을 찾아 알맞게 고쳐 쓰세요.

소크라테스가 세상을 떠난 뒤에 조상들이 그의 말을 전하여 철학자들에게 영향을 끼침.

(　　　　　　　　)
➡ (　　　　　　　　)

전개 결말 요약

3 글 **3**~**4**를 읽고 빈칸에 알맞은 낱말을 쓰세요.

소크라테스는 누명을 쓰고 감옥에 갇혀서 법을 지키려고 당당하게 　　　　　을/를 받아들여 진리를 실천함. 소크라테스가 세상을 떠난 뒤에 제자들이 그의 말을 전하여 철학자들에게 영향을 끼침.

 **요약**하는힘 쑥쑥

그림요약

1 그림을 보고 ◯ 안에 이야기 차례에 알맞게 번호를 쓴 다음, (   ) 안에 알맞은 말을 쓰세요.

(1)  ①

소크라테스는 그리스 (   )에서 태어난 철학자임.

(2)  ◯

소크라테스는 자기에게 (   )하고 답하며 스스로 진리를 깨닫게 함.

(3) 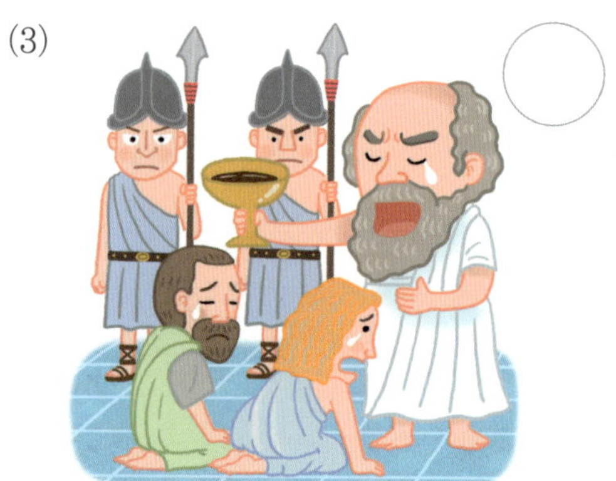 ◯

소크라테스는 감옥에 갇혀서 법을 지키려고 당당하게 (   )을/를 받아들임.

(4)  ◯

세상을 떠난 뒤에 제자들이 그의 말을 전하여 철학자들에게 영향을 끼침.

네줄요약

2 다음은 「소크라테스」를 요약한 글입니다. 발단·전개·절정·결말 중 어느 부분이 빈 곳인지 두 군데 V표 한 다음, 빈 곳에 알맞은 내용을 쓰세요.

　　소크라테스는 ＿＿＿＿＿＿＿＿＿＿＿＿＿＿＿＿＿＿＿＿.
그는 자기에게 질문하고 답하게 하여 스스로 진리를 깨닫게 했어요. 소크라테스는 누명을 쓰고 감옥에 갇혀서 ＿＿＿＿＿＿＿＿＿＿＿＿＿＿＿＿＿＿＿＿＿＿＿＿＿＿＿＿＿. 그가 세상을 떠난 뒤에 제자들이 그의 말을 전하여 철학자들에게 영향을 끼쳤어요.

지문이해

1 소크라테스의 생각으로 알맞은 것을 찾아 ○표 하세요.

(1) 잘못된 법은 고쳐야 한다.

(2) 법은 약속이기 때문에 지켜야 한다.

(3) 잘못된 법을 만든 사람에게 벌을 주어야 한다.

(4) 진리는 누구에게도 전하지 않고 자기 혼자 알고 실천해야 한다.

어휘이해

2 다음 주머니에서 알맞은 낱말을 골라 빈칸에 쓰세요.

(1) 참된 이치. 또는 참된 도리.

(2) 스승으로부터 가르침을 받거나 받은 사람.

(3) 사실이 아닌 일 때문에 억울하게 얻은 나쁜 평판.

(4) 인간과 세계에 대한 근본 원리와 삶의 본질 따위를 전문으로 연구하는 사람.

20일 제인 구달

 발단 요약

1 핵심어를 세 가지 찾아 ○표 하세요.

제인 , 어릴 때 , 동물 , 장면

2 글에서 틀린 부분을 찾아 알맞게 고쳐 쓰세요.

제인은 어릴 때부터 식물을 좋아함.

(   )

→ (   )

전개 요약

1 핵심어를 세 가지 찾아 ○표 하세요.

아프리카 밀림 , 침팬지 연구 , 안녕 , 관찰

2 글에서 틀린 부분을 찾아 알맞게 고쳐 쓰세요.

제인은 아프리카 밀림에서 40년 동안 호랑이를 관찰하고 연구함.

(   )

→ (   )

1 제인은 어릴 때부터 동물을 좋아했습니다. 몇 시간 동안 지렁이를 관찰하거나 닭이 알을 낳는 장면을 관찰하기도 했습니다.

2 제인은 아프리카 **밀림**에서 침팬지 연구를 시작했습니다.

"데이비드, 안녕? 나는 제인이야. 바나나 줄까?"

제인은 침팬지에게 다정하게 다가갔습니다. 오랜 기다림 끝에 제인은 침팬지와 친구가 되었습니다. 제인은 무려 40년 동안 침팬지 곁에 머물며 침팬지가 사는 모습을 **주의** 깊게 관찰하며 침팬지가 사는 생활과 **습관** 등을 연구했습니다.

낱말 풀이

밀림 몹시 큰 나무들이 빽빽하게 들어선 깊은 숲.

주의 어떤 한 곳이나 일에 관심을 집중하여 기울임. 예 실험할 때에는 **주의**를 기울여 관찰해야 한다.

습관 어떤 행위를 오랫동안 되풀이하는 과정에서 저절로 익혀진 행동 방식.

발단 전개 요약

3 글 **1**~**2**를 읽고 빈칸에 알맞은 낱말을 쓰세요. 

제인은 어릴 때부터 동물을 좋아함. 제인은 아프리카 밀림에서 40년 동안 침팬지를 ☐☐ 하고 연구함.

❸ '침팬지도 사람처럼 모여 살고, 기쁨과 슬픔을 느끼는구나!'

　제인은 오랜 연구 끝에 침팬지가 사람과 비슷하다는 사실을 알아냈습니다.

　'침팬지도 사람처럼 **도구**를 사용할 수 있구나!'

　침팬지가 나뭇가지를 사용해 흰개미를 잡는 모습을 보고 도구를 사용한다는 사실을 알아냈습니다. 이것은 제인이 처음으로 발견한 놀라운 사실이었고, 동물 연구에 큰 **영향**을 주었습니다.

❹ 제인 구달은 연구를 하며 침팬지의 수가 줄어들고 자연이 망가지는 모습을 보며 동물 보호와 자연 보호에 **앞장서기** 시작했습니다.

　"동물이 살아가려면 자연을 지켜야 합니다."

　지금도 제인 구달은 전 세계 사람들에게 동물 보호와 자연 보호를 열심히 **외치고** 있습니다.

낱말 풀이

도구 일을 할 때 쓰는 연장. 예 연필은 글씨를 쓸 수 있는 **도구**이다.

영향 어떤 사물의 효과나 작용이 다른 것에 미치는 일.

앞장서기 어떤 일을 하는 때에 가장 먼저 나서기.

외치고 의견이나 요구 등을 강하게 주장하고. 예 유관순은 우리나라의 독립을 **외치고** 만세를 불렀다.

절정 요약

1 핵심어를 세 가지 찾아 ○표 하세요.

슬픔 , 침팬지가 사람과 비슷 , 도구를 사용 , 발견

2 글에서 틀린 부분을 찾아 알맞게 고쳐 쓰세요.

제인 구달은 침팬지가 사람과 비슷하며 도구를 모른다는 사실을 발견함.

（　　　　　　　）

➜ （　　　　　　　）

결말 요약

1 핵심어를 세 가지 찾아 ○표 하세요.

제인 구달 , 모습 , 동물 보호 , 자연 보호

2 글에서 틀린 부분을 찾아 알맞게 고쳐 쓰세요.

제인 구달은 동물 보호와 도시 보호에 앞장섬.

（　　　　　　　）

➜ （　　　　　　　）

설정 결말 요약

3 글 ❸~❹를 읽고 빈칸에 알맞은 낱말을 쓰세요.

제인은 침팬지가 사람과 비슷하며 도구를 사용한다는 사실을 발견함. 제인은 ☐☐ 보호와 자연 보호에 앞장섬.

 **요약**하는힘 쑥쑥

1 그림을 보고 ◯ 안에 이야기 차례에 알맞게 번호를 쓴 다음, ( ) 안에 알맞은 말을 쓰세요.

(1)

제인은 아프리카 ( )에서 40년 동안 침팬지를 관찰하고 연구함.

(2)

제인은 침팬지가 ( )을/를 사용한다는 사실을 발견함.

(3)

제인은 동물을 보호하고 자연을 ( )하는 일에 앞장섬.

(4)

제인은 어릴 때부터 동물을 좋아함.

2 다음은 「제인 구달」을 요약한 글입니다. 발단·전개·절정·결말 중 어느 부분이 빈 곳인지 두 군데 V표 한 다음, 빈 곳에 알맞은 내용을 쓰세요.

제인은 어릴 때부터 ________________________________.
제인은 아프리카 밀림에서 40년 동안 침팬지를 관찰하고 연구했어요. 그 결과 그녀는 침팬지가 사람과 비슷하며 도구를 사용한다는 사실을 발견했어요.
그 뒤 그녀는 ________________________________
________________________________.

지문 이해

1 제인 구달이 살아온 삶을 살펴보고, 제인 구달의 성격으로 가장 알맞은 것을 찾아 ○표 하세요.

(1) 사람들과 어울리기를 좋아한다.

(2) 부모님의 말씀을 잘 듣고 따른다.

(3) 어려운 일이 생기면 쉽게 포기한다.

(4) 어려움을 이겨 내고 끈기 있게 꿈을 이루려고 노력한다.

어휘 이해

2 다음 낱말 카드에서 글자를 찾아 낱말 뜻에 알맞은 낱말을 빈칸에 쓰세요.

구	림	도	밀
영	의	주	향

(1) 일을 할 때 쓰는 연장.

(2) 몹시 큰 나무들이 빽빽히게 들어선 깊은 숲.

(3) 어떤 한 곳이나 일에 관심을 집중하여 기울임.

(4) 어떤 사물의 효과나 작용이 다른 것에 미치는 일.

완성 단계

5주 25일 완성

5주 학습 내용

일	세계 위인	중요한 장면 미리 보기	쪽수
21일	아인슈타인	"시간과 공간은 관찰하는 사람에 따라 달라집니다."	98~101쪽
22일	톨스토이	'농민들에게 도움을 주어야겠다.'	102~105쪽
23일	마틴 루서 킹	"아이들이 피부색이 아니라 사람됨으로 평가받는 나라에서 사는 날이 온다는 꿈입니다."	106~109쪽
24일	만델라	"백인과 흑인이 어울려 잘사는 나라를 만듭시다!"	110~113쪽
25일	빌 게이츠	'누구나 컴퓨터를 쉽고 편리하게 사용할 수 있는 프로그램을 만들자.'	114~117쪽

완성 단계 문제는 이렇게 풀어요

1 빈칸에 알맞은 핵심어를 쓰세요.

| 아 | 인 | 슈 | 타 | 인 |

독일, 천재 물리학자

발단, 전개, 절정, 결말 **1번 문제**는 모두 빈칸에 알맞은 핵심어를 쓰기예요.

---

2 빈칸에 알맞은 낱말을 쓰세요.

아인슈타인은 독일에서 태어난 천

재 | 물 | 리 | 학 | 자 |임.

발단, 전개, 절정, 결말 **2번 문제**는 모두 빈칸에 중심 내용에 알맞은 낱말을 쓰기예요.

---

3 글 ❶~❷를 읽고 빈칸에 알맞은 낱말을 쓰세요.

아인슈타인은 독일에서 태어난 천재 물리학자임. 아인슈타인은 시간과 | 공 | 간 | 에 대한 생각을 뒤흔드는 '상대성 이론'을 발표하여 사람들을 놀라게 함.

발단, 전개, 절정, 결말 **3번 문제**는 모두 빈칸에 알맞은 낱말을 쓰기예요.

21일 아인슈타인

① 아인슈타인은 독일에서 태어난 **천재 물리학자**입니다. 어릴 때에는 말이 느렸고, 엉뚱한 질문과 행동을 해서 골칫덩이로 불렸습니다. 그러나 수학과 과학에 호기심이 많고 혼자서 책을 읽고 생각하는 시간이 많았습니다.

② 아인슈타인은 열심히 물리학을 연구하여 '상대성 **이론**'을 발표했습니다.

"시간과 공간은 **관찰하는** 사람에 따라 달라집니다. 또한 무게를 지닌 물체는 주위 공간을 구부러뜨려 다른 물체를 끌어당기는데 이 힘이 '중력'입니다."

상대성 이론은 시간과 공간에 대한 생각을 뒤흔드는 놀라운 이론이었습니다. 뉴턴의 중력 이론과는 다른 새로운 이론이었습니다.

발단 요약

1 빈칸에 알맞은 핵심어를 쓰세요.

□ □ □ □ □ ,
독일, 천재 물리학자

2 빈칸에 알맞은 낱말을 쓰세요.

아인슈타인은 독일에서 태어난 천재 □ □ □ □ 임.

전개 요약

1 빈칸에 알맞은 핵심어를 쓰세요.

' □ □ □ 이론', 시간과 공간

2 빈칸에 알맞은 낱말을 쓰세요.

아인슈타인은 □ □ 과/와 공간에 대한 생각을 뒤흔드는 '상대성 이론'을 발표하여 사람들을 놀라게 함.

낱말 풀이

천재 타고난 뛰어난 재능, 또는 그러한 재능을 가진 사람.
물리학자 자연 현상을 원인과 결과의 관계로 설명하고 수치나 공식으로 나타낼 수 있는 법칙을 전문으로 연구하는 사람.
이론 어떤 사실에 대한 이치에 들어맞는 설명.
관찰하는 사물이나 현상을 주의하여 자세히 살펴보는.
예 꽃을 심고 한 달 동안 **관찰하는** 숙제를 해야 한다.

발단 전개 요약

3 글 **①**~**②**를 읽고 빈칸에 알맞은 낱말을 쓰세요.

아인슈타인은 독일에서 태어난 천재 물리학자임. 아인슈타인은 시간과 □ □ 에 대한 생각을 뒤흔드는 '상대성 이론'을 발표하여 사람들을 놀라게 함.

❸ 제2차 세계대전이 일어나자 미국은 '상대성 이론'을 사용해 **원자 폭탄**을 만들었습니다. 아인슈타인은

'내가 세운 이론 때문에 사람들이 죽다니…….'라며 무척 괴로워했습니다.

그는 과학을 무기가 아니라 평화를 만드는 데 써야 한다고 생각했습니다. 그래서 다른 과학자들과 함께 **국제기구**를 만들어

"**핵** 실험을 멈추고 무기를 더 이상 만들지 맙시다!" 라고 부르짖었습니다.

❹ 아인슈타인은 과학 발전에 이바지한 위대한 물리학자일 뿐만 아니라 평화를 외친 사람으로 우리 마음속에 영원히 남아 있습니다.

낱말 풀이

원자 폭탄 우라늄의 원자핵이 분열할 때 나오는 엄청난 에너지를 이용한 폭탄.
국제기구 여러 나라들이 서로 이롭게 하려고 만든 조직.
핵 원자 폭탄이나 수소 폭탄 따위의 핵반응으로 생기는 힘을 이용한 무기.

절정 요약

1 빈칸에 알맞은 핵심어를 쓰세요.

☐ ☐ 을 무기가 아니라 평화를 만드는 데 써야, 국제기구

2 빈칸에 알맞은 낱말을 쓰세요.

아인슈타인은 과학을 무기가 아니라 ☐ ☐ 을/를 만드는 데 써야 한다고 생각하고 국제기구를 만듦.

결말 요약

1 빈칸에 알맞은 핵심어를 쓰세요.

☐ ☐ 발전, 물리학자, 평화

2 빈칸에 알맞은 낱말을 쓰세요.

아인슈타인은 과학 발전에 ☐ ☐ ☐ 한 위대한 물리학자로서 평화를 외침.

절정 결말 요약

3 글 ❸~❹를 읽고 빈칸에 알맞은 낱말을 쓰세요.

아인슈타인은 과학을 ☐ ☐ 이/가 아니라 평화를 만드는 데 써야 한다고 생각하고 국제기구를 만듦. 아인슈타인은 과학 발전에 이바지한 위대한 물리학자로서 평화를 외침.

요약하는힘 쑥쑥

1 그림을 보고 ◯ 안에 이야기 차례에 알맞게 번호를 쓴 다음, ( ) 안에 알맞은 말을 쓰세요.

(1)

( )을/를 평화를 만드는 데 써야 한다고 생각하고 국제기구를 만듦.

(2)

아인슈타인은 과학 발전에 이바지한 위대한 ( )로서 평화를 외침.

(3)

시간과 ( )에 대한 생각을 뒤흔드는 '상대성 이론'을 발표함.

(4)

아인슈타인은 ( )에서 태어난 천재 물리학자임.

2 다음은 「아인슈타인」을 요약한 글입니다. 발단·전개·절정·결말 중 어느 부분이 빈 곳인지 두 군데 V표 한 다음, 빈 곳에 알맞은 내용을 쓰세요.

아인슈타인은 독일에서 태어난 천재 물리학자예요. 그는 _______________

____.

그 뒤 그는 과학을 무기가 아니라 _______________________________

______________________________________. 아인슈타인은 과학 발전에 이바지한 위대한 물리학자로서 평화를 외쳤어요.

 지문 이해

1 「아인슈타인」을 읽고 생각이나 느낌을 알맞게 말한 친구를 찾아 ○표 하세요.

(1) 가비: 아인슈타인은 과학 발전뿐만 아니라 평화를 외친 훌륭한 과학자라서 본받고 싶어.

(2) 봄이: 아인슈타인은 원자 폭탄을 만들어서 세계 여러 나라에서 벌어진 전쟁을 끝냈어.

(3) 주미: 아인슈타인은 사람들이 '상대성 이론'을 어떻게 사용하는지 관심이 없어서 아쉬워.

어휘 이해

2 다음 주머니에서 알맞은 낱말을 골라 빈 곳에 쓰세요.

(1) 나비 박사 석주명은 온 산을 뒤지며 나비를 ＿＿＿＿＿＿＿＿했다.
사물이나 현상을 주의하여 자세히 살펴봄.

(2) 일본에 ＿＿＿＿＿＿＿이/가 터져서 많은 사람들이 죽음을 당했다.
우라늄의 원자핵이 분열할 때 나오는 엄청난 에너지를 이용한 폭탄.

(3) 나는 훌륭한 학자가 되어 전 세계가 놀랄 만한 ＿＿＿＿＿＿＿을/를 세울 것이다.
어떤 사실에 대한 들어맞는 설명.

(4) 세계 평화를 이루려고 각 나라 사람들이 모여서 ＿＿＿＿＿＿＿을/를 만들었다.
여러 나라들이 서로 이롭게 하려고 만든 조직.

22일 톨스토이

발단 요약

1 빈칸에 알맞은 핵심어를 쓰세요.

톨스토이, ☐☐☐ 를 대표하는 문학가

2 빈칸에 알맞은 낱말을 쓰세요.

톨스토이는 러시아를 대표하는 ☐☐☐ 임.

전개 요약

1 빈칸에 알맞은 핵심어를 쓰세요.

고향, ☐☐ 들에게 도움을 주어야겠다

2 빈칸에 알맞은 낱말을 쓰세요.

톨스토이는 ☐☐ 에서 농민들에게 도움을 주는 활동을 함.

---

1 톨스토이는 1828년에 태어난 러시아를 대표하는 문학가입니다. 그는 러시아 **귀족** 집안에서 태어났습니다. 어릴 때 부모님께서 세상을 떠나시자 삶과 죽음을 깊이 생각했습니다. 이런 생각은 톨스토이의 작품에 많은 영향을 끼쳤습니다. 청년이 되어 군대에 들어가 전쟁터에서 느낀 생각을 글로 쓰기 시작했습니다.

2 전쟁이 끝나 그는 고향으로 돌아왔습니다.

'농민들은 귀족들의 땅을 **일구며** 힘들게 살아가고 있구나. 농민들에게 도움을 주어야겠다.'

톨스토이는 농민들의 편에 서서 **권리**를 찾아 주고 농민들의 삶을 더 나아지게 하려고 노력했습니다. 농민의 아이들을 가르치는 학교를 세웠고, 교과서와 **잡지**를 만들기도 했습니다.

낱말 풀이

귀족 사회적으로 신분과 재산의 특권을 지닌 가장 높은 계급, 또는 그런 계급에 속한 사람.

일구며 논밭을 만들기 위하여 땅을 파서 일으키며.

권리 어떤 일을 하거나 다른 사람에게 당연히 요구할 수 있는 힘이나 자격. 예 어린이는 교육 받을 **권리**가 있다.

잡지 여러 가지 내용의 기사와 글을 모아 같은 형식으로 시간이나 날짜를 정해서 내는 책.

발단 전개 요약

3 글 **1**~**2**를 읽고 빈칸에 알맞은 낱말을 쓰세요.

톨스토이는 러시아를 대표하는 문학가임. 톨스토이는 고향에서 농민들에게 ☐☐ 을/를 주는 활동을 함.

❸ 그는 평생 동안 90여 편의 문학 작품을 남겼습니다. 그가 남긴 작품 가운데 가장 유명한 작품은 『전쟁과 **평화**』와 『안나 카레니나』입니다. 『전쟁과 평화』는 전쟁을 다룬 역사 이야기이고, 『안나 카레니나』는 러시아 귀족 사회를 잘 표현한 이야기입니다. 두 작품은 톨스토이와 러시아 문학을 **대표합니다**.

❹ 그리고 톨스토이는 문학가를 넘어서 러시아 사회에 관심을 가졌습니다. 불평등한 사회를 **비판하고** 어려운 환경에 놓인 사람들과 더불어 살았던 **실천가**였습니다. 톨스토이는 위대한 문학 작품을 남긴 문학가이자 실천가입니다.

낱말 풀이
평화 나라나 사람들 사이에 심한 싸움이 없는 조용한 상태.
대표합니다 전체의 상태나 성질을 어느 하나로 잘 나타냅니다. 예 태극기는 우리나라를 **대표합니다**.
비판하고 현상이나 사물의 옳고 그름을 판단하여 밝히거나 잘못된 점을 지적하고.
실천가 생각한 바를 실제로 행하는 사람.

절정 요약

1 빈칸에 알맞은 핵심어를 쓰세요.
『전쟁과 ☐☐』, 『안나 카레니나』, 러시아 문학을 대표

2 빈칸에 알맞은 낱말을 쓰세요.
『전쟁과 평화』와 『안나 카레니나』는 톨스토이와 러시아 문학을 대표하는 ☐☐임.

결말 요약

1 빈칸에 알맞은 핵심어를 쓰세요.
러시아 사회에 관심, 실천가, 위대한 문학 작품을 남긴 ☐☐☐

2 빈칸에 알맞은 낱말을 쓰세요.
톨스토이는 러시아 사회에 관심을 가진 ☐☐☐이자 문학가임.

절정 결말 요약

3 글 ❸~❹를 읽고 빈칸에 알맞은 낱말을 쓰세요.
『전쟁과 평화』와 『안나 카레니나』는 톨스토이와 러시아를 대표하는 작품임. 톨스토이는 러시아 사회에 관심을 가진 실천가이자 ☐☐☐임.

1 그림을 보고 ◯ 안에 이야기 차례에 알맞게 번호를 쓴 다음, ( ) 안에 알맞은 말을 쓰세요.

(1)

톨스토이는 ( )에서 농민들에게 도움을 주는 활동을 함.

(2)

톨스토이는 ( )을/를 대표하는 문학가임.

(3)

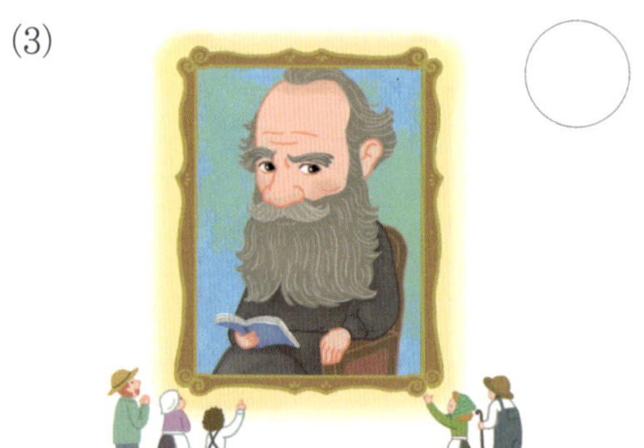

톨스토이는 러시아 사회에 관심을 가진 ( )이자 문학가임.

(4)

『전쟁과 ( )』와 『안나 카레니나』는 톨스토이의 대표 작품임.

2 다음은 「톨스토이」를 요약한 글입니다. 발단·전개·절정·결말 중 어느 부분이 빈 곳인지 두 군데 V표 한 다음, 빈 곳에 알맞은 내용을 쓰세요.

톨스토이는 ＿＿＿＿＿＿＿＿＿＿＿＿＿＿＿＿＿＿＿＿＿＿＿＿＿＿＿. 그는

＿＿＿＿＿＿＿＿＿＿＿＿＿＿＿＿＿＿＿＿＿＿＿＿＿＿＿＿＿＿＿＿＿＿＿＿＿＿

＿＿＿＿＿.『전쟁과 평화』와『안나 카레니나』는 톨스토이와 러시아를 대표하는 작품이에요. 톨스토이는 러시아 사회에 관심을 가진 실천가이자 문학가예요.

 **1** 톨스토이가 살아온 삶에서 존경할 만한 점을 알맞게 말한 친구를 찾아 ○표 하세요.

(1) 하미: 전쟁이 일어나면 안 된다고 말한 점을 존경해.

(2) 나무: 귀족들이 더 잘살 수 있는 방법을 연구해서 본보기를 보인 점을 존경해.

(3) 라온: 귀족이었지만 어려운 사람들 편에 서서 농민들의 아이들을 가르치는 학교를 만든 점을 존경해.

2 다음 글자판에서 알맞은 낱말을 골라 □표 하고, 빈칸에 알맞은 낱말을 쓰세요.

(1) 전체의 상태나 성질을 어느 하나로 잡아 나타내다.

(2) 나라나 사람들 사이에 심한 싸움이 없는 조용한 상태.

(3) 어떤 일을 하거나 다른 사람에게 당연히 요구할 수 있는 힘이나 자격.

(4) 여러 가지 내용의 기사와 글을 모아 같은 형식으로 시간이나 날짜를 정해서 내는 책.

23일 마틴 루서 킹

발단 요약

1 빈칸에 알맞은 핵심어를 쓰세요.

마틴 루서 킹, 미국 남부, ☐☐ 차별

2 빈칸에 알맞은 낱말을 쓰세요.

마틴 루서 킹은 ☐☐ 남부에서 태어나 어릴 때 흑인 차별을 느낌.

전개 요약

1 빈칸에 알맞은 핵심어를 쓰세요.

흑인 ☐☐ 법, 킹, 버스 안 타기 운동

2 빈칸에 알맞은 낱말을 쓰세요.

킹이 '☐☐ 안 타기 운동'을 벌여서 흑인 차별 법을 바꿈.

---

1 마틴 루서 킹은 미국 남부에서 태어났습니다. 어릴 때 백인 친구의 아버지에게

"너는 흑인이니까 내 아들과 놀지 말아라."

라는 말을 듣고 처음으로 흑인 **차별**을 느꼈습니다. 대학을 졸업하고 킹은 **목사**가 되었습니다.

2 어느 날, 한 흑인 아주머니가 백인들만 앉을 수 있는 버스 앞자리에 앉아서 경찰에 잡혀갔습니다. 흑인들은 흑인 차별 법에 화가 났습니다. 킹은 앞장서서 '버스 안 타기 운동'을 벌여 흑인들과 함께 걸어다녔습니다.

"폭력을 사용하지 않아도 우리가 버스를 안 타면 버스 회사가 **망해서** 법을 바꿀 것입니다."

킹이 생각한 대로 버스 회사에서 마침내 흑인도 버스 앞자리에 앉을 수 있게 법을 바꾸었습니다.

낱말 풀이

차별 사회에서 옳지 않게 남보다 낮은 대우를 하는 것.
목사 일정한 자격을 갖추고 기독교 교회에서 예배를 이끌고 신자들의 신앙생활을 지도하는 사람.
망해서 제구실을 제대로 하지 못하여 흩어지거나 없어져서. ㉄ 삼촌께서 회사가 **망해서** 직장을 잃으셨다.

발단 전개 요약

3 글 **1**~**2**를 읽고 빈칸에 알맞은 낱말을 쓰세요.

마틴 루서 킹은 미국 남부에서 태어나 어릴 때 흑인 차별을 느낌. 킹이 '버스 안 타기 운동'을 벌여서 ☐☐ 차별 법을 바꿈.

❸ 그 뒤에도 킹은 흑인들을 **이끄는** 지도자가 되어 워싱턴에서 감동을 주는 **연설**을 했습니다.

"나에게는 꿈이 있습니다. 아이들이 피부색이 아니라 사람됨으로 **평가받는** 나라에서 사는 날이 온다는 꿈입니다."

그의 노력 덕분에 흑인들은 백인들과 함께 **투표**를 할 권리를 찾았고, 여러 가지 흑인 차별 법이 점점 바뀌었습니다.

❹ 그는 평등한 세상을 만들려고 노력하여 노벨 평화상을 받았습니다. 그러나 젊은 나이인 37세에 백인이 쏜 총에 맞아 안타깝게 숨을 거두었습니다.

낱말풀이

이끄는 무엇을 어떠한 상태로 이르게 하는.
연설 많은 사람들 앞에서 자기의 생각이나 주장을 긴 말로 발표하는 것. 예 교장 선생님께서 졸업식에서 감동을 주는 **연설**을 하셨다.
평가받는 가치나 수준을 자세히 따져서 정해지는.
투표 선거를 하거나 여럿이 어떤 일을 의논하여 정할 때 자기의 의사를 일정한 방법에 따라 나타내는 깃. 또는 그런 의사를 표시한 쪽지.

절정 요약

1 빈칸에 알맞은 핵심어를 쓰세요.

감동을 주는 ☐☐, 흑인 차별 법

2 빈칸에 알맞은 낱말을 쓰세요.

킹은 ☐☐을/를 주는 연설을 하였고, 흑인 차별 법이 점점 바뀜.

결말 요약

1 빈칸에 알맞은 핵심어를 쓰세요.

평등한 세상, ☐☐ 평화상, 숨을 거두었습니다

2 빈칸에 알맞은 낱말을 쓰세요.

그는 ☐☐☐ 세상을 만들려고 노력하여 노벨 평화상을 받았지만 37세에 숨을 거둠.

절정 결말 요약

3 글 ❸~❹를 읽고 빈칸에 알맞은 낱말을 쓰세요.

킹은 감동을 주는 ☐☐을/를 하였고, 흑인 차별 법이 점점 바뀜. 그는 평등한 세상을 만들려고 노력하여 노벨 평화상을 받았지만 37세에 숨을 거둠.

 요약 하는힘 쑥쑥

 그림요약

1 그림을 보고 ◯ 안에 이야기 차례에 알맞게 번호를 쓴 다음, (   ) 안에 알맞은 말을 쓰세요.

(1) 

평등한 세상을 만들려고 노력하여 노벨 평화상을 받고 (   )에 숨을 거둠.

(2) 

킹은 감동을 주는 연설을 하였고, (   ) 차별 법이 점점 바뀜.

(3) 

마틴 루서 킹은 미국 남부에서 태어나 어릴 때 (   ) 차별을 느낌.

(4) 

킹이 '버스 안 타기 운동'을 벌여서 흑인 차별 (   )을/를 바꿈.

 네줄요약

2 다음은 「마틴 루서 킹」을 요약한 글입니다. 발단·전개·절정·결말 중 어느 부분이 빈 곳인지 두 군데 V표 한 다음, 빈 곳에 알맞은 내용을 쓰세요.

발단 → 전개 → 절정 → 결말

　마틴 루서 킹은 ＿＿＿＿＿＿＿＿＿＿＿＿＿＿＿＿＿＿＿＿＿＿＿＿＿＿＿＿＿. 킹이 ＿＿＿＿＿＿＿＿＿＿＿＿＿＿＿＿＿＿＿＿＿＿＿＿＿＿＿＿＿＿＿＿＿＿＿＿＿. 그는 감동을 주는 연설을 했고, 흑인 차별 법이 점점 바뀌었어요. 킹은 평등한 세상을 만들려고 노력하여 노벨 평화상을 받았지만 37세에 숨을 거두었어요.

지문이해

1 마틴 루서 킹이 바라는 세상으로 알맞은 것을 찾아 ○표 하세요.

(1) 건강하게 살기를 바랐다.

(2) 흑인과 백인이 차별 없이 평등하게 살기를 바랐다.

(3) 온 세상 사람들이 한 가지 말을 사용하기를 바랐다.

(4) 온 세상 사람들이 굶주리지 않고 넉넉하게 살기를 바랐다.

어휘이해

2 같은 색의 글자 카드를 연결해 다음 뜻에 알맞은 낱말을 빈칸에 쓰세요.

| 연 | 끌 | 가 | 다 |

| 평 | 차 | 이 | 별 | 설 |

(1) 무엇을 어떠한 상태로 이르게 하다.

(2) 가치나 수준을 자세히 따져서 정해지는.　받는

(3) 사회에서 옳지 않게 남보다 낮은 대우를 하는 것.

(4) 많은 사람들 앞에서 자기의 생각이나 주장을 긴 말로 발표하는 것.

24^일 만델라

발단 요약

1 빈칸에 알맞은 핵심어를 쓰세요.

넬슨 만델라, 남아프리카, 백인과 ☐☐ 의 차별

2 빈칸에 알맞은 낱말을 쓰세요.

넬슨 만델라는 ☐☐ 과/와 흑인의 차별이 심한 남아프리카에서 태어남.

전개 요약

1 빈칸에 알맞은 핵심어를 쓰세요.

변호사, 흑인 지도자, 백인과 흑인을 차별하는 ☐

2 빈칸에 알맞은 낱말을 쓰세요.

만델라는 변호사로서 흑인 지도자가 되어 백인과 흑인을 ☐☐ 하는 법을 없애려고 노력함.

---

① 넬슨 만델라는 1918년에 남아프리카에서 태어났습니다. 흑인들은 백인들이 사는 도시에 들어갈 수 없었고, 버스나 기차도 마음대로 탈 수 없을 만큼 백인과 흑인의 차별이 심했습니다.

② 만델라는 변호사가 되었습니다. 그 뒤 흑인 **지도자**가 되어 폭력을 쓰지 않고 차별을 없애려고 노력했습니다.

"모든 인간은 **평등합니다**. 백인과 흑인을 차별하는 법은 없어져야 합니다!"

흑인들은 거리로 나와 손에 손잡고 외치기도 했습니다.

"우리에게 평등과 자유를 주세요!"

1960년 어느 날, 백인 경찰이 총을 쏘아 많은 흑인들이 끔찍한 죽음을 당했습니다. 만델라는 이 모습을 보고 어쩔 수 없이 무기를 들고 백인들에게 **맞서기** 시작했습니다.

> **낱말 풀이**
>
> **지도자** 남을 가르쳐 이끄는 사람.
> **평등합니다** 권리, 의무, 자격 등이 차별 없이 고르고 한결같습니다.
> **맞서기** 서로 굽히지 아니하고 마주 겨루어 버티기. ⑩ 축구 경기에서 두 편이 **맞서기** 시작했다.

발단 전개 요약

3 글 **①** ~ **②** 를 읽고 빈칸에 알맞은 낱말을 쓰세요.

넬슨 만델라는 백인과 흑인의 차별이 심한 남아프리카에서 태어남.

만델라는 변호사로서 흑인 ☐☐☐ 이/가 되어 백인과 흑인을 차별하는 법을 없애려고 노력함.

③　이를 못마땅하게 여긴 백인들은 만델라를 감옥에 넣었습니다. 그곳에서도 만델라는 뜻을 굽히지 않았습니다. 세계 여러 나라에 흑인들이 겪는 **고통**을 알리고 백인과 흑인이 평등하게 살게 도와 달라는 편지를 보냈습니다. 세계 여러 나라 사람들은 만델라를 지켜보며 응원했습니다. 드디어 그는 27년 만에 감옥에서 풀려났습니다.

④　감옥에서 나온 뒤 만델라는 남아프리카에서 처음으로 흑인 대통령이 되었습니다. 마침내 그는 백인과 흑인을 차별하는 법을 없앴습니다.

"백인과 흑인이 **어울려** 잘사는 나라를 만듭시다!"

만델라는 백인들을 용서하고 **화해하여** 백인과 흑인이 어울려 사는 남아프리카를 만들었습니다.

낱말풀이

고통 몸이나 마음의 괴로움과 아픔.
어울려 함께 사귀어 잘 지내거나 일정한 분위기에 끼어들어 같이 휩싸여. 예 수아는 전학 온 지 며칠 만에 친구들과 잘 **어울려** 지냈다.
화해하여 싸움하던 것을 멈추고 서로 가시고 있던 안 좋은 감정을 풀어 없애.

절정 요약

1　빈칸에 알맞은 핵심어를 쓰세요.
감옥, 평등하게 살게 도와 달라는 □□, 풀려났습니다

2　빈칸에 알맞은 낱말을 쓰세요.
만델라는 감옥에서 백인과 흑인이 □□하게 살게 도와 달라는 편지를 썼고, 27년 만에 감옥에서 풀려남.

결말 요약

1　빈칸에 알맞은 핵심어를 쓰세요.
만델라, 흑인 대통령, 백인과 흑인이 □□□ 사는 남아프리카

2　빈칸에 알맞은 낱말을 쓰세요.
만델라는 흑인 대통령이 되어 백인과 흑인이 어울려 사는 □□□□□을/를 만듦.

절정 결말 요약

3　글 ③~④를 읽고 빈칸에 알맞은 낱말을 쓰세요.
만델라는 감옥에서 백인과 흑인이 평등하게 살게 도와 달라는 편지를 썼고, 27년 만에 풀려남. 만델라는 흑인 □□□이/가 되어 백인과 흑인이 어울려 사는 남아프리카를 만듦.

 요약하는힘 쑥쑥

1 그림을 보고 ◯ 안에 이야기 차례에 알맞게 번호를 쓴 다음, ( ) 안에 알맞은 말을 쓰세요.

(1) 

만델라는 대통령이 되어 백인과 흑인이 어울려 사는 (   )을/를 만듦.

(2) 

만델라는 백인과 (   )의 차별이 심한 남아프리카에서 태어남.

(3) 

만델라는 감옥에서 편지를 썼고, (   ) 만에 감옥에서 풀려남.

(4) 

흑인 (   )이/가 되어 백인과 흑인을 차별하는 법을 없애려고 노력함.

2 다음은 「만델라」를 요약한 글입니다. 발단·전개·절정·결말 중 어느 부분이 빈 곳인지 두 군데 V표 한 다음, 빈 곳에 알맞은 내용을 쓰세요.

　　만델라는 흑인 차별이 심한 남아프리카에서 태어났어요. 그는 변호사로서 흑인 지도자가 되어 백인과 흑인을 차별하는 법을 없애려고 노력했어요. 만델라는 ＿＿. 그는 ＿＿.

지문 이해

1 만델라에게 본받을 점으로 알맞은 것을 찾아 ○표 하세요.

(1) 그림을 그려서 사람들에게 감동을 주었다.

(2) 남아프리카를 감옥이 없는 나라로 만들었다.

(3) 일하지 않고도 잘사는 세상을 만들려고 노력했다.

(4) 오랜 어려움을 이겨 내고 모든 사람이 평등하게 어울려 사는 세상을 만들려고 노력했다.

어휘 이해

2 다음 주머니에서 알맞은 낱말을 골라 빈칸에 쓰세요.

(1) 남을 가르쳐 이끄는 사람.

(2) 몸이나 마음의 괴로움과 아픔.

(3) 서로 굽히지 아니하고 마주 겨루어 버티다.

(4) 싸움하던 것을 멈추고 서로 가지고 있던 안 좋은 감정을 풀어 없애다.

하다

중요한 장면 미리 보기

> 누구나 컴퓨터를 쉽고 편리하게 사용할 수 있는 프로그램을 만들자.

발단 요약

1 빈칸에 알맞은 핵심어를 쓰세요.

빌 게이츠, ☐☐에서 태어났습니다, 컴퓨터

2 빈칸에 알맞은 낱말을 쓰세요.

빌 게이츠는 미국에서 태어났고 어린 시절 ☐☐☐을/를 잘 다룸.

전개 요약

1 빈칸에 알맞은 핵심어를 쓰세요.

마이크로소프트, 베이직, ☐☐☐☐☐

2 빈칸에 알맞은 낱말을 쓰세요.

빌은 마이크로소프트 회사를 세워 '☐☐☐'과 '엠에스도스'를 개발함.

1 '컴퓨터 황제' 빌 게이츠에 대해 들어 보았나요? 그는 1955년 미국에서 태어났습니다. 그는 어린 시절에 책읽기와 컴퓨터를 좋아했습니다.

"빌아, 우리 학교 반을 나누는 프로그램을 만들어 주겠니?"

교장 선생님께서 부탁할 정도로 빌은 컴퓨터를 잘 **다루었습니다.**

2 빌은 앞으로 집에서 개인이 사용하는 컴퓨터가 늘어날 것이라고 생각했습니다. 그래서 그는 대학교를 다니다가 그만두고 친구 앨런과 함께 마이크로소프트 회사를 세워서 컴퓨터 프로그램을 만들기 시작했습니다. 빌은 컴퓨터 프로그램 언어인 '베이직'을 **개발했고**, 개인용 컴퓨터 **운영 체제**인 '엠에스도스'도 개발했습니다.

낱말 풀이

다루었습니다 기계나 기구 따위를 사용했습니다. 예 하루는 바이올린을 잘 **다루었습니다.**

개발했고 새로운 물건을 만들거나 새로운 생각을 내어놓았고. 예 새롭게 감기를 치료하는 약을 **개발했고** 판매했다.

운영 체제 컴퓨터의 하드웨어 시스템을 효율적으로 운영하기 위한 소프트웨어.

발단 전개 요약

3 글 **1**~**2**를 읽고 빈칸에 알맞은 낱말을 쓰세요.

빌 게이츠는 미국에서 태어났고 어린 시절 컴퓨터를 잘 다룸. 그는 마이크로소프트사를 세워 '베이직'과 '엠에스도스'를 ☐☐함.

3 '**명령어**를 넣지 않고도 누구나 컴퓨터를 쉽고 편리하게 사용할 수 있는 프로그램을 만들자.'

빌은 '윈도'라는 새로운 운영 체제를 개발했습니다. '윈도'는 지금까지도 전 세계 사람들이 가장 많이 사용하는 프로그램입니다.

4 빌은 '윈도' 덕분에 **억만장자**가 되었습니다. 그는 자신이 가진 재산을 형편이 어려운 사람들과 나누려고 **자선 단체**를 만들어 어려운 사람을 돕습니다. 빌 게이츠는 자신이 가진 **재능**을 잘 **살려서** 큰 성공을 거두었을 뿐만 아니라 다른 사람과 성공을 나누는 삶을 살고 있습니다.

낱말 풀이

명령어 컴퓨터에 계산이나 일정한 동작을 명령하는 기계어.
억만장자 헤아리기 어려울 만큼 재산이 많은 부자.
자선 단체 가난한 사람들을 도와서 거기에서 벗어나게 해 주는 단체.
재능 어떤 일을 하는 데 필요한 재주와 능력.
살려서 본래 가지고 있던 색깔이나 특징 따위를 그대로 유지하게 하거나 뚜렷이 나타나게 하여서.

절정 요약

1 빈칸에 알맞은 핵심어를 쓰세요.

□□□ 을/를 쉽고 편리하게 사용, 프로그램, '윈도', 개발

2 빈칸에 알맞은 낱말을 쓰세요.

빌은 누구나 컴퓨터를 쉽고 편리하게 사용할 수 있는 프로그램 '□□'을/를 개발함.

결말 요약

1 빈칸에 알맞은 핵심어를 쓰세요.

□□□□, 어려운 사람, 나누는 삶

2 빈칸에 알맞은 낱말을 쓰세요.

빌은 억만장자가 되어 어려운 사람을 도우며 □□□ 삶을 삶.

절정 결말 요약

3 글 **3**~**4**를 읽고 빈칸에 알맞은 낱말을 쓰세요.

빌은 누구나 □□□ 을/를 쉽고 편리하게 사용할 수 있게 '윈도'를 개발함. 빌은 억만장자가 되어 어려운 사람을 도우며 나누는 삶을 삶.

 요약 하는힘 쑥쑥

 그림 요약

1 그림을 보고 ◯ 안에 이야기 차례에 알맞게 번호를 쓴 다음, (　) 안에 알맞은 말을 쓰세요.

(1)

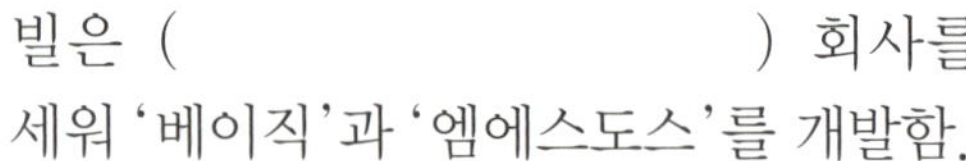

빌은 (　　　　　　　　) 회사를 세워 '베이직'과 '엠에스도스'를 개발함.

(2)

빌은 누구나 컴퓨터를 쉽고 (　　　　　) 사용할 수 있게 '윈도'를 개발함.

(3)

빌 게이츠는 (　　　　)이/가 되어 어려운 사람을 도우며 나누는 삶을 삶.

(4)

빌 게이츠는 (　　　　)에서 태어났고 어린 시절 컴퓨터를 잘 다룸.

 네줄 요약

2 다음은 「빌 게이츠」를 요약한 글입니다. 발단·전개·절정·결말 중 어느 부분이 빈 곳인지 두 군데 V표 한 다음, 빈 곳에 알맞은 내용을 쓰세요.

　　빌 게이츠는 미국에서 태어났고 어린 시절 컴퓨터를 잘 다루었어요. 그는 마이크로소프트사를 세워 '베이직'과 '엠에스도스'를 개발했어요. 빌 게이츠는

____

________________________________. 그는 ____________________________

____.

지문이해

1 빌 게이츠가 한 일로 알맞은 것을 찾아 ○표 하세요.

(1) 세계에서 처음으로 자선 단체를 만들었다.

(2) 세계에서 가장 풀기 힘든 수학 문제를 풀었다.

(3) 고치기 힘든 병을 치료하는 방법을 연구했다.

(4) 사람들이 쉽고 편리하게 사용할 수 있는 컴퓨터 프로그램을 만들었다.

어휘이해

2 다음 낱말 카드에서 글자를 찾아 낱말 뜻에 알맞은 낱말을 빈칸에 쓰세요.

다	개	어	령	루	만
다	명	발	억	자	장

(1) 기계나 기구 따위를 사용하다.

(2) 헤아리기 어려울 만큼 재산이 많은 부자.

(3) 새로운 물건을 만들거나 새로운 생각을 내어놓다.　　하다

(4) 컴퓨터에 계산이나 일정한 동작을 명령하는 기계어.

정답과 해설

시작 단계 1~2주차

1일 에디슨 12~15쪽

12쪽 발단 요약 1 에디슨, 호기심에 ○표 2 에디슨

전개 요약 1 전화, 축음기에 ○표 2 축음기

발단·전개 요약 3 전화

13쪽 절정 요약 1 전구, 발명에 ○표 2 전구

결말 요약 1 발명품, 노력에 ○표 2 재능

절정·결말 요약 3 노력

요약하는힘 쑥쑥 14쪽

1 (1) 3 (4) 2, (2) 호기심 (3) 발명품 2 ㉔ 전구를 발명했어요

1 (2) → (4) → (1) → (3)의 차례로 이야기가 이어집니다. 에디슨은 어릴 때부터 호기심이 많고 실험과 만들기를 좋아했고, 청년이 되자 더욱 열심히 연구해 전화와 축음기를 만들었습니다. 그리고 꾸준히 노력해 전구를 발명했습니다. 에디슨은 한평생 발명품을 만들었고, 재능보다 노력이 중요하다고 했습니다.

2 채점 기준을 참고하여 채점합니다.

채점 기준	
상	글 ❸의 중심 내용을 찾아 전체 내용과 자연스럽게 연결하여 쓴 경우
중	글 ❸의 중심 내용을 찾았지만 전체 내용과 자연스럽게 연결하여 쓰지 못한 경우
하	글 ❸의 중심 내용을 찾지 못한 경우

독해하는힘 쑥쑥 15쪽

1 (3) ○표 2 (1) 발명 (2) 재료 (3) 호기심 (4) 재능

1 「에디슨」은 꾸준히 노력해 수많은 발명품을 만들어 낸 발명가 에디슨의 삶을 보여 주는 이야기입니다. 이 이야기를 읽고 재능보다 노력이 중요함을 알 수 있습니다.

2 제시한 뜻에 알맞은 낱말을 찾아 쓴 경우 정답입니다.

2일 콜럼버스 16~19쪽

16쪽 발단 요약 1 콜럼버스, 항해에 ○표 2 아시아

전개 요약 1 인도, 새로운 길에 ○표 2 인도

발단·전개 요약 3 콜럼버스

17쪽 절정 요약 1 항해, 산살바도르에 ○표

2 산살바도르

결말 요약 1 콜럼버스, 아메리카 대륙에 ○표

2 아메리카

절정·결말 요약 3 아메리카

요약하는힘 쑥쑥 18쪽

1 (1) 1 (3) 3, (3) 항해 (4) 인도 2 ㉔ '산살바도르'라고 이름 붙였어요

1 (1) → (4) → (3) → (2)의 차례로 이야기가 이어집니다. 콜럼버스는 인도로 가는 새로운 길을 찾으려고 항해를 하다가 인도를 발견합니다. 콜럼버스가 세상을 떠난 뒤 인도가 아니라 아메리카 대륙을 발견한 것이 밝혀집니다.

2 채점 기준을 참고하여 채점합니다.

채점 기준	
상	글 ❸의 중심 내용을 찾아 전체 내용과 자연스럽게 연결하여 쓴 경우
중	글 ❸의 중심 내용을 찾았지만 전체 내용과 자연스럽게 연결하여 쓰지 못한 경우
하	글 ❸의 중심 내용을 찾지 못한 경우

독해 하는힘 쑥쑥 _19쪽_

1 (2) ◯표   **2** (1) 항해하다
(2) 대륙 (3) 탐험가 (4) 발견

탐	구	아	시	아
험	인	발	여	왕
가	도	견		
중	국		바	대
항	해	하	다	륙

1 『콜럼버스』는 아메리카 내륙을 발견한 콜럼버스의 삶을 쓴 이야기입니다. 콜럼버스는 인도를 발견하려고 항해를 하다가 아메리카 대륙을 발견했습니다.

2 제시한 뜻에 알맞은 낱말을 찾아 ▢표 하고 낱말을 쓴 경우 정답입니다.

---

3 _일 슈바이처

20쪽 발단요약   **1** 슈바이처, 어려운 사람에 ◯표

2 어려운

전개요약   **1** 아프리카, 환자에 ◯표   **2** 병원

발단·전개 요약   **3** 환자들

21쪽 절정요약   **1** 병원, 치료에 ◯표   **2** 치료

결말요약   **1** 생명을 존중, 봉사하는 삶에 ◯표

2 존중하고

절정·결말 요약   **3** 봉사

요약 하는힘 쑥쑥 _22쪽_

1 (1) 3 (3) 1, (2) 생명 (4) 아프리카   **2** ⟨예⟩ 환자들을 돌보았어요

1 (3) → (4) → (1) → (2)의 차례로 이야기가 이어집니다. 슈바이처는 아프리카에 병원을 세우고 환자들을 돌보았습니다. 생명을 존중하고 봉사하는 삶을 실천해 노벨 평화상을 받았습니다.

2 채점 기준을 참고하여 채점합니다.

채점 기준	
상	글 ❷의 중심 내용을 찾아 전체 내용과 자연스럽게 연결하여 쓴 경우
중	글 ❷의 중심 내용을 찾았지만 전체 내용과 자연스럽게 연결하여 쓰지 못한 경우
하	글 ❷의 중심 내용을 찾지 못한 경우

독해 하는힘 쑥쑥 _23쪽_

1 (2) ◯표   **2** (1) 존중 (2) 마법사 (3) 환자 (4) 성자

1 슈바이처는 생명을 소중하게 생각하여 아프리카에 병원을 세워 환자들을 정성껏 치료했습니다.

2 같은 색의 글자 카드를 연결해 뜻에 알맞은 낱말을 쓴 경우 정답입니다.

4일 라이트 형제 24~27쪽

24쪽 발단 요약 1 라이트 형제, 하늘을 나는 기계에 ○표 2 하늘

전개 요약 1 동력 비행기, 플라이어 호에 ○표 2 동력

발단·전개 요약 3 기계

25쪽 절정 요약 1 플라이어 호, 하늘에 ○표 2 성공함

결말 요약 1 실패, 도전에 ○표 2 실패

절정·결말 요약 3 도전

요약하는 힘 쑥쑥 26쪽

1 (2) 3 (3) 4, (1) 하늘 (4) 비행기 2 예 동력 비행기 플라이어 호를 만들었어요

1 (1) → (4) → (2) → (3)의 차례로 이야기가 이어집니다. 라이트 형제는 하늘을 나는 기계를 만들려고 연구하여 마침내 동력 비행기 플라이어 호를 만들었습니다.

2 채점 기준을 참고하여 채점합니다.

채점 기준	
상	글 ❷의 중심 내용을 찾아 전체 내용과 자연스럽게 연결하여 쓴 경우
중	글 ❷의 중심 내용을 찾았지만 전체 내용과 자연스럽게 연결하여 쓰지 못한 경우
하	글 ❷의 중심 내용을 찾지 못한 경우

독해하는 힘 쑥쑥 27쪽

1 (2) ○표 2 (1) 누비다 (2) 조종하다 (3) 동력 (4) 신호

1 라이트 형제는 엔진과 프로펠러를 단 동력 비행기를 최초로 만들었습니다. 라이트 형제 덕분에 우리가 다른 나라에 비행기를 타고 갈 수 있어서 고마운 마음이 듭니다.

2 제시한 뜻에 알맞은 낱말을 찾아 쓴 경우 정답입니다.

5일 베토벤 28~31쪽

28쪽 발단 요약 1 베토벤, 연주자에 ○표 2 피아노

전개 요약 1 귀, 작곡했습니다에 ○표 2 작곡함

발단·전개 요약 3 작곡가

29쪽 절정 요약 1 교향곡, 지휘했습니다에 ○표 2 지휘하여

결말 요약 1 어려움, 아름다운 음악에 ○표 2 음악

절정·결말 요약 3 교향곡

요약하는 힘 쑥쑥 30쪽

1 (1) 3 (4) 1, (2) 어려움 (3) 귀 2 예 자신이 작곡한 교향곡을 지휘하여

1 (4) → (3) → (1) → (2)의 차례로 이야기가 이어집니다. 베토벤은 귀가 들리지 않았지만 열심히 작곡하여 훌륭한 작품을 남겼고, 자신이 작곡한 교향곡을 지휘하기도 했습니다.

2 채점 기준을 참고하여 채점합니다.

채점 기준	
상	글 ❸의 중심 내용을 찾아 전체 내용과 자연스럽게 연결하여 쓴 경우
중	글 ❸의 중심 내용을 찾았지만 전체 내용과 자연스럽게 연결하여 쓰지 못한 경우
하	글 ❸의 중심 내용을 찾지 못한 경우

독해하는 힘 쑥쑥 31쪽

1 (4) ○표 2 (1) 작곡 (2) 연주 (3) 청중 (4) 교향곡

1 베토벤은 귓병을 앓아 귀가 들리지 않는 어려움을 잘 이겨 내고 아름다운 음악을 작곡했습니다. 어린 시절부터 음악을 공부했고 음악에 재능이 많아서 일찍부터 이름을 날렸습니다.

2 제시한 뜻에 알맞은 낱말을 찾아 쓴 경우 정답입니다.

6 일 갈릴레이

32쪽 발단 요약 **1** 지구가 태양 주위를 돈다, 책에 ○표

2 태양

전개 요약 **1** 교황청, 재판에 ○표 **2** 재판

발단·전개 요약 **3** 갈릴레이

33쪽 절정 요약 **1** 재판정, 마음속에 ○표 **2** 재판정

결말 요약 **1** 지금, 지구가 태양 주위를 돈다에 ○표

2 지구

절정·결말 요약 **3** 태양

요약 하는 힘 쑥쑥 34쪽

1 (2) 1 (4) 3, (1) 지구 (3) 교황청 **2** 예 지구가 태양 주위를 돈다고 생각해요

1 (2) → (3) → (4) → (1)의 차례로 이야기가 이어집니다. 갈릴레이가 지구가 태양 주위를 돈다는 사실을 책으로 써서 교황청에 불려 가서 재판을 받지만 끝까지 갈릴레이는 지구가 태양 주위를 돈다고 생각했습니다.

2 채점 기준을 참고하여 채점합니다.

채점 기준	
상	글 ❹의 중심 내용을 찾아 전체 내용과 자연스럽게 연결하여 쓴 경우
중	글 ❹의 중심 내용을 찾았지만 전체 내용과 자연스럽게 연결하여 쓰지 못한 경우
하	글 ❹의 중심 내용을 찾지 못한 경우

독해 하는 힘 쑥쑥 35쪽

1 (1) 로마 교황청 사람들

(2)-갈릴레이 **2** (1) 관찰하다

(2) 우주 (3) 우기다 (4) 재판

재	지	구	우	주
판	감	옥	기	태
관	찰	하	다	양
물	리	학	사	실
교	황	청	주	위

7 일 레오나르도 다빈치

36쪽 발단 요약 **1** 레오나르도 다빈치, 「모나리자」에 ○표 **2** 화가

전개 요약 **1** 자신만의 방법으로 그림, 「최후의 만찬」에 ○표 **2** 최후의 만찬

발단·전개 요약 **3** 모나리자

37쪽 절정 요약 **1** 새로운 방법, 「모나리자」에 ○표

2 모나리자

결말 요약 **1** 「모나리자」의 미소, 영원히에 ○표 **2** 영원히

절정·결말 요약 **3** 미소

요약 하는 힘 쑥쑥 38쪽

1 (1) 4 (3) 2, (2) 「모나리자」 (4) 화가 **2** 예 신비로운 미소를 지닌 「모나리자」를

1 (4) → (3) → (2) → (1)의 차례로 이야기가 이어집니다. 레오나르도 다빈치는 자신만의 방법으로 그림을 그리려고 노력하여 「최후의 만찬」을 그렸습니다. 그 뒤 상인의 부탁을 받고 새로운 방법으로 「모나리자」를 그렸습니다.

2 채점 기준을 참고하여 채점합니다.

채점 기준	
상	글 ❸의 중심 내용을 찾아 전체 내용과 자연스럽게 연결하여 쓴 경우
중	글 ❸의 중심 내용을 찾았지만 전체 내용과 자연스럽게 연결하여 쓰지 못한 경우
하	글 ❸의 중심 내용을 찾지 못한 경우

독해 하는 힘 쑥쑥 39쪽

1 (2) ○표 **2** (1) 근육 (2) 상인 (3) 신비로운 (4) 만찬

1 레오나르도 다빈치는 자신만의 새로운 방법으로 「모나리자」를 그렸습니다.

8일 나이팅게일
40~43쪽

40쪽 발단 요약 1 나이팅게일, 아픈 사람을 돕는 사람에 ○표 2 돕는

전개 요약 1 간호사, 반대에 ○표 2 간호사

발단·전개 요약 3 간호사

41쪽 절정 요약 1 전쟁, 병원에 ○표 2 전쟁

결말 요약 1 영국, 간호 학교에 ○표 2 간호

절정·결말 요약 3 병원

요약하는 힘 쑥쑥 42쪽

1 (1) 4 (3) 1, (2) 반대 (4) 병사 2 ㉠ 병사들을 정성껏 돌보았어요

1 (3) → (2) → (4) → (1)의 차례로 이야기가 이어집니다. 나이팅게일은 어려서부터 다른 사람을 도우려고 간호사가 되기를 꿈꾸었습니다. 결국 나이팅게일은 간호사가 되어 전쟁이 난 곳의 병원에 가서 병사들을 정성껏 돌보았습니다.

2 채점 기준을 참고하여 채점합니다.

채점 기준	
상	글 ❸의 중심 내용을 찾아 전체 내용과 자연스럽게 연결하여 쓴 경우
중	글 ❸의 중심 내용을 찾았지만 전체 내용과 자연스럽게 연결하여 쓰지 못한 경우
하	글 ❸의 중심 내용을 찾지 못한 경우

독해하는 힘 쑥쑥 43쪽

1 (3) ○표 2 (1) 등불 (2) 병사 (3) 간호 (4) 봉사

1 나이팅게일은 자신을 희생하여 사랑과 봉사 정신으로 아픈 병사들을 돌보았습니다. 부모님께서 반대하셨지만 간호사가 되어 전쟁으로 아픈 병사들을 온몸을 다 바쳐 돌보았습니다.

9일 뉴턴
44~47쪽

44쪽 발단 요약 1 뉴턴, 사과나무에 ○표 2 뉴턴

전개 요약 1 사과, 땅에 ○표 2 땅

발단·전개 요약 3 사과

45쪽 절정 요약 1 사과가 땅으로 떨어지는 까닭, 중력에 ○표 2 중력

결말 요약 1 만유인력의 법칙, 과학 발전에 ○표

2 만유인력

절정·결말 요약 3 과학

요약하는 힘 쑥쑥 46쪽

1 (1) 1 (3) 2, (2) 만유인력 (4) 중력 2 ㉠ '중력' 때문이라는 것을 밝혀냈어요

1 (1) → (3) → (4) → (2)의 차례로 이야기가 이어집니다. 뉴턴은 사과가 떨어지는 모습을 보고 생긴 궁금증을 연구하여 '만유인력의 법칙'을 발견한 과학자입니다.

2 채점 기준을 참고하여 채점합니다.

채점 기준	
상	글 ❸의 중심 내용을 찾아 전체 내용과 자연스럽게 연결하여 쓴 경우
중	글 ❸의 중심 내용을 찾았지만 전체 내용과 자연스럽게 연결하여 쓰지 못한 경우
하	글 ❸의 중심 내용을 찾지 못한 경우

독해하는 힘 쑥쑥 47쪽

1 (3) ○표 2 (1) 전염병 (2) 중력 (3) 법칙 (4) 물리학

1 뉴턴은 사과가 떨어지는 모습을 보고 생긴 궁금증을 연구하여 '만유인력의 법칙'을 발견한 과학자입니다.

2 제시한 뜻에 알맞은 낱말을 찾아 쓴 경우 정답입니다.

10일 간디

48쪽 발단 요약 **1** 간디, 차별했습니다에 ◯표 **2** 인도

전개 요약 **1** 폭력, 독립 운동에 ◯표 **2** 폭력

발단·전개 요약 **3** 독립

49쪽 절정 요약 **1** 소금법, 반대했습니다에 ◯표

2 행진

결말 요약 **1** 간디, 인도 독립에 ◯표 **2** 독립

절정·결말 요약 **3** 인도

요약하는 힘 쑥쑥 50쪽

1 (2) 2 (4) 3, (1) 차별 (4) '소금법' **2** 예 독립 운동에 앞
상섰어요

1 (1) → (2) → (4) → (3)의 차례로 이야기가 이어집니다.
간디는 폭력을 사용하지 않고 인도 독립에 앞장서서
인도 독립의 아버지로 불립니다.

2 채점 기준을 참고하여 채점합니다.

채점 기준	
상	글 ❷의 중심 내용을 찾아 전체 내용과 자연스럽게 연결하여 쓴 경우
중	글 ❷의 중심 내용을 찾았지만 전체 내용과 자연스럽게 연결하여 쓰지 못한 경우
하	글 ❷의 중심 내용을 찾지 못한 경우

독해하는 힘 쑥쑥 51쪽

1 (4) ◯표 **2** (1) 행진 (2) 물레 (3) 이끌다 (4) 폭력

1 「간디」는 인도 독립 운동에 힘쓴 간디의 삶을 쓴 이야
기입니다. 간디는 폭력을 사용하지 않고 인도 독립을
이끈 지도자로 존경받습니다.

2 제시한 뜻에 알맞은 낱말을 찾아 쓴 경우 정답입니다.

발전 단계 3주차

11일 테레사

54쪽 발단 요약 **1** 수녀원, 봉사하는 삶에 ◯표

2 고아원, 수녀원

전개 요약 **1** 사랑의 선교 수녀회, 봉사에 ◯표

2 믿음, 사랑

발단·전개 요약 **3** 봉사

55쪽 절정 요약 **1** 죽음을 기다리는 사람들의 집, 감동
에 ◯표 **2** 사랑, 죽음

결말 요약 **1** 어머니 테레사, 봉사의 본보기에 ◯표

2 의사, 봉사

절정·결말 요약 **3** 사랑

요약하는 힘 쑥쑥 56쪽

1 (2) 4 (3) 2 (4) 3, (1) 봉사 (3) 사랑 **2** 전개에 V표, 예
'사랑의 신교 수녀회'를 만들어 봉사했어요

1 (1) → (3) → (4) → (2)의 차례로 이야기가 이어집니다.
테레사는 '사랑의 선교 수녀회'와 '죽음을 기다리는 사
람들의 집'을 만들어서 평생 인도 사람들 곁에서 봉사
하는 삶을 살았습니다.

2 채점 기준을 참고하여 채점합니다.

채점 기준	
상	글 ❷의 글의 구조와 중심 내용을 모두 찾고 중심 내용을 전체 내용과 자연스럽게 연결하여 쓴 경우
중	글 ❷의 글의 구조와 중심 내용을 모두 찾았지만 중심 내용과 전체 내용을 자연스럽게 연결하여 쓰지 못한 경우
하	글 ❷의 글의 구조와 중심 내용을 모두 찾지 못한 경우

독해 하는 힘 쑥쑥 57쪽

1 (1) ○표 **2** (1) 한결같이 (2) 수녀원 (3) 선교 (4) 본
보기

1 「테레사」는 가난하고 아픈 사람들을 돌본 테레사 수녀
가 살아온 삶을 쓴 이야기입니다. 테레사는 가난하고
아픈 사람들 곁에서 한결같이 큰 사랑을 나누어 주었
습니다.

2 제시한 뜻에 알맞은 낱말을 찾아 쓴 경우 정답입니다.

12일 노벨 58~61쪽

58쪽 발단 요약 **1** 노벨, 안전한 고체 화약에 ○표

2 감기약, 화약

전개 요약 **1** 다이너마이트, 부자에 ○표 **2** 액체, 고체

발단·전개 요약 **3** 안전한

59쪽 절정 요약 **1** 전쟁 무기, 노벨상에 ○표

2 공장, 전쟁

결말 요약 **1** 세계에서 가장 이름 있는 상, 노벨상에 ○표

2 미술상, 노벨상

절정·결말 요약 **3** 다이너마이트

요약 하는 힘 쑥쑥 60쪽

1 (1) 3 (3) 2 (4) 1, (2) 노벨상 (4) 화약 **2** 절정에 V표,
예 다이너마이트가 전쟁 무기로 쓰이자 괴로워하다가

1 (4) → (3) → (1) → (2)의 차례로 이야기가 이어집니다.
노벨은 고체 화약인 다이너마이트를 만들어 부자가
되었지만 다이너마이트가 전쟁 무기로 쓰이자 괴로워
하며 노벨상을 만들었습니다.

2 채점 기준을 참고하여 채점합니다.

채점 기준	
상	글 ❸의 글의 구조와 중심 내용을 모두 찾고 중심 내용을 전체 내용과 자연스럽게 연결하여 쓴 경우
중	글 ❸의 글의 구조와 중심 내용을 모두 찾았지만 중심 내용과 전체 내용을 자연스럽게 연결하여 쓰지 못한 경우
하	글 ❸의 글의 구조와 중심 내용을 모두 찾지 못한 경우

독해 하는 힘 쑥쑥 61쪽

1 (2), (3)에 ○표 **2** (1) 상금
(2) 무기 (3) 폭발하다 (4) 고체

무	노	벨	상	폭
기	사	고	금	발
고	체	공	장	하
	발	명	하	다
평	화	쓸	모	

1 「노벨」은 고체 화약인 다이너마이트를 만든 노벨의 삶
을 쓴 이야기입니다. 노벨은 다이너마이트로 번 돈을
쓸모 있게 쓰려고 노벨상을 만들었습니다.

2 제시한 뜻에 알맞은 낱말을 찾아 □표 하고 낱말을 쓴
경우 정답입니다.

62쪽 발단요약 **1** 링컨, 변호사에 ○표 **2** 가수, 변호사

전개요약 **1** 노예 제도, 없애겠다고에 ○표 **2** 백인, 흑인

발단·전개 요약 **3** 제도

63쪽 절정요약 **1** 대통령, 노예 해방 선언에 ○표

2 농부, 노예

결말요약 **1** 존중하고, 평등하게에 ○표

2 다르게, 평등하게

절정·결말 요약 **3** 존중

요약 하는힘 쑥쑥 64쪽

1 (1) 2 (2) 4 (4) 1, (1) 노예 (3) 해방 **2** 절정에 V표, **예**
남북 전쟁이 끝나자 노예 해방 선언을 했어요

1 (4) → (1) → (3) → (2)의 차례로 이야기가 이어집니다.
링컨은 어려운 환경에서 변호사가 되어 노예를 사고파
는 장면을 보고 노예 제도를 없애야겠다고 다짐했습니
다. 링컨은 대통령이 되어 노예 해방 선언을 했습니다.

2 채점 기준을 참고하여 채점합니다.

채점 기준	
상	글 ❸의 글의 구조와 중심 내용을 모두 찾고 중심 내용을 전체 내용과 자연스럽게 연결하여 쓴 경우
중	글 ❸의 글의 구조와 중심 내용을 모두 찾았지만 중심 내용과 전체 내용을 자연스럽게 연결하여 쓰지 못한 경우
하	글 ❸의 글의 구조와 중심 내용을 모두 찾지 못한 경우

독해 하는힘 쑥쑥 65쪽

1 (2) ○표 **2** (1) 신인 (2) 해빙 (3) 손꼽이다 (4) 평등하다

1 인간을 존중하고 평등하게 대하려고 노력하여 노예 해
방 선언을 한 것이 링컨의 본받을 점으로 알맞습니다.

2 같은 색의 글자 카드를 연결해 뜻에 알맞은 낱말을 쓴
경우 정답입니다.

66쪽 발단요약 **1** 공자, 춘추 시대에 ○표

2 송나라, 노나라

전개요약 **1** 벼슬길, 나랏일에 ○표 **2** 농사일, 나랏일

발단·전개 요약 **3** 생각

67쪽 절정요약 **1** 그의 생각, 전했습니다에 ○표

2 청나라, 노나라

결말요약 **1** 가르침, 유교의 바탕에 ○표 **2** 기독교, 유교

절정·결말 요약 **3** 가르침

요약 하는힘 쑥쑥 68쪽

1 (1) 3 (2) 2 (3) 4, (2) 나랏일 (4) 춘추 **2** 절정에 V표,
예 노나라에서 쫓겨나 중국을 떠돌며 그의 생각을 전
했어요.

1 (4) → (2) → (1) → (3)의 차례로 이야기가 이어집니다.
공자는 춘추 시대 노나라에서 태어나 나랏일을 열심
히 하고 임금에게 바른 소리를 전하다가 노나라에서
쫓겨났습니다. 공자는 중국을 떠돌며 그의 생각을 세
상에 전했습니다.

2 채점 기준을 참고하여 채점합니다.

채점 기준	
상	글 ❸의 글의 구조와 중심 내용을 모두 찾고 중심 내용을 전체 내용과 자연스럽게 연결하여 쓴 경우
중	글 ❸의 글의 구조와 중심 내용을 모두 찾았지만 중심 내용과 전체 내용을 자연스럽게 연결하여 쓰지 못한 경우
하	글 ❸의 글의 구조와 중심 내용을 모두 찾지 못한 경우

독해 하는힘 쑥쑥 69쪽

1 (4) ○표 **2** (1) 겨루다 (2) 어질다 (3) 예의 (4) 벼슬

1 공자는 어진 마음으로 예의를 지키는 바른 세상을 만
들려고 노력했습니다.

15 일 마리 퀴리
70~73쪽

70쪽 발단요약 1 마리 퀴리, 과학자에 ○표

2 의사, 과학자

전개요약 1 연구했습니다, 폴로늄에 ○표 2 빛, 폴로늄

발단·전개 요약 3 폴란드

71쪽 절정요약 1 '라듐'을 발견, 허락에 ○표

2 폴로늄, 라듐

결말요약 1 노벨상, 위대한 과학자에 ○표 2 예술, 과학

절정·결말 요약 3 과학자

요약 하는 힘 쑥쑥 72쪽

1 (1) 3 (3) 2 (4) 4, (2) 폴란드 (3) 폴로늄 2 전개에 V표, ㉔ 새로운 물질을 연구하여 폴로늄을 발견했어요.

1 (2) → (3) → (1) → (4)의 차례로 이야기가 이어집니다. 퀴리는 폴란드에서 태어나 폴로늄과 라듐을 발견한 위대한 과학자입니다.

2 채점 기준을 참고하여 채점합니다.

채점 기준	
상	글 ❷의 글의 구조와 중심 내용을 모두 찾고 중심 내용을 전체 내용과 자연스럽게 연결하여 쓴 경우
중	글 ❷의 글의 구조와 중심 내용을 모두 찾았지만 중심 내용과 전체 내용을 자연스럽게 연결하여 쓰지 못한 경우
하	글 ❷의 글의 구조와 중심 내용을 모두 찾지 못한 경우

독해 하는 힘 쑥쑥 73쪽

1 (3) ○표 2 (1) 공 (2) 새우다 (3) 대가 (4) 방사능

1 「마리 퀴리」는 폴로늄과 라듐을 발견한 마리 퀴리의 삶을 쓴 이야기입니다. 그녀는 과학을 연구하여 사람에게 도움이 되는 물질을 발견했습니다.

2 제시한 뜻에 알맞은 낱말을 찾아 쓴 경우 정답입니다.

실전 단계 4주차

16 일 구텐베르크
76~79쪽

76쪽 발단요약 1 구텐베르크, 발명, 인쇄 기술에 ○표

2 도장, 인쇄

전개요약 1 인쇄 기술, 독일, 연구에 ○표

2 프랑스, 독일

발단·전개 요약 3 발명가

77쪽 절정요약 1 인쇄 기술, 발명, 『42행 성서』에 ○표

2 동화, 성서

결말요약 1 인쇄 기술, 문화와 과학 발전, 이바지에 ○표

2 어렵게, 풍요롭게

절정·결말 요약 3 과학

요약 하는 힘 쑥쑥 78쪽

1 (1) 1 (2) 4 (4) 3, (1) 인쇄 (2) 문화 (3) 연구 2 전개, 절정에 V표, ㉔ 인쇄 기술을 연구했어요, ㉔ 인쇄 기술을 발명하여 『42행 성서』를 찍어 냈어요

1 (1) → (3) → (4) → (2)의 차례로 이야기가 이어집니다. 구텐베르크는 인쇄 기술을 발명하여 문화와 과학 발전에 이바지했습니다.

2 채점 기준을 참고하여 채점합니다.

채점 기준	
상	글 ❷, ❸ 모두 글의 구조를 찾고 중심 내용을 전체 내용과 자연스럽게 연결하여 쓴 경우
중	글 ❷, ❸ 가운데 일부만 글의 구조를 찾고 중심 내용을 전체 내용과 자연스럽게 연결하여 쓴 경우
하	글 ❷, ❸ 모두 글의 구조와 중심 내용을 찾지 못한 경우

1 (1) ○표   2 (1) 이바지 (2) 성서 (3) 귀하다 (4) 잉크

1 구텐베르크는 인쇄 기술을 발명하여 많은 책을 빨리 만들어 냈습니다. 그래서 사람들이 손쉽게 책을 읽을 수 있습니다.

2 같은 색의 글자 카드를 연결해 뜻에 알맞은 낱말을 쓴 경우 정답입니다.

17일 페스탈로치 80~83쪽

80쪽 발단 요약 1 유리 조각, 페스탈로치, 아이들을 깊이 사랑에 ○표 **2** 나무, 아이

전개 요약 1 전쟁 고아, 사랑, 학교에 ○표   **2** 교회, 학교

발단·전개 요약 3 사랑

81쪽 절정 요약 1 새로운 교육 방법, 물어보며, 경험에 ○표 **2** 요리, 교육

결말 요약 1 페스탈로치, 새로운 교육 방법, 초등학교 교육의 기초에 ○표 **2** 대학교, 초등학교

절정·결말 요약 3 경험

1 (1) 2 (2) 4 (4) 1, (1) 학교 (2) 교육 (4) 사랑   2 전개, 절정에 V표, 예 가난한 아이들이 다니는 학교를 세웠어요, 예 경험으로 배우는 새로운 교육 방법을 만들고 실천했어요

1 (4) → (1) → (3) → (2)의 차례로 이야기가 이어집니다. 페스탈로치는 고아와 가난한 아이들을 사랑으로 가르치고 새로운 교육 방법을 만들어 실천했습니다.

2 채점 기준을 참고하여 채점합니다.

채점 기준	
상	글 ❷, ❸ 모두 글의 구조를 찾고 중심 내용을 전체 내용과 자연스럽게 연결하여 쓴 경우
중	글 ❷, ❸ 가운데 일부만 글의 구조를 찾고 중심 내용을 전체 내용과 자연스럽게 연결하여 쓴 경우
하	글 ❷, ❸ 모두 글의 구조와 중심 내용을 찾지 못한 경우

1 (1), (3)에 ○표   2 (1) 고아 (2) 경험 (3) 교육 (4) 맡아

1 페스탈로지는 무조건 외우게 하는 교육이 아니라 궁금한 것을 물어보며 보고 듣고 느끼며 경험으로 배우는 교육 방법으로 아이들을 가르쳤습니다.

2 제시한 뜻에 알맞은 낱말을 찾아 쓴 경우 정답입니다.

18일 헬렌 켈러 (84~87쪽)

84쪽 발단 요약 1 헬렌 켈러, 장애, 설리번 선생님의 도움에 ○표 **2** 꾸중, 도움

전개 요약 1 설리번 선생님, 입으로 말하는 법, 대학을 졸업에 ○표 **2** 눈, 입

발단·전개 요약 3 읽고

85쪽 절정 요약 1 장애를 가진 사람들, 도와주고, 강연했습니다에 ○표 **2** 용기, 장애

결말 요약 1 장애를 가진 사람들, 장애를 극복, 희망에 ○표 **2** 생김새, 장애

절정·결말 요약 3 희망

요약 하는 힘 쑥쑥 86쪽

1 (1) 4 (3) 3 (4) 2, (2) 장애 (3) 강연 (4) 설리번 **2** 발단, 절정에 V표, 예 헬렌 켈러는 장애가 생겨서 설리번 선생님의 도움을 받기로 했어요, 예 돈을 모으기도 했어요

1 (2) → (4) → (3) → (1)의 차례로 이야기가 이어집니다. 헬렌 켈러는 설리번 선생님께 읽고 쓰고 입으로 말하는 법을 배워 대학을 졸업했습니다. 그 뒤 장애인을 위한 강연 등 장애를 가진 사람들을 도왔습니다.

2 채점 기준을 참고하여 채점합니다.

채점 기준	
상	글 ❶, ❸ 모두 글의 구조를 찾고 중심 내용을 전체 내용과 자연스럽게 연결하여 쓴 경우
중	글 ❶, ❸ 가운데 일부만 글의 구조를 찾고 중심 내용을 전체 내용과 자연스럽게 연결하여 쓴 경우
하	글 ❶, ❸ 모두 글의 구조와 중심 내용을 찾지 못한 경우

독해 하는 힘 쑥쑥 87쪽

1 (2) ○표 **2** (1) 기회
(2) 열병 (3) 장애 (4) 강연하다

기	사	세	상	펌
회	물	학	교	프
환	희	망	졸	업
경	열	병	장	애
강	연	하	다	

1 헬렌 켈러는 장애를 이겨 내고 남을 도우는 삶을 살았습니다. 그래서 장애를 가진 사람들에게 희망을 주었습니다.

2 제시한 뜻에 알맞은 낱말을 찾아 □표 하고 낱말을 쓴 경우 정답입니다.

19일 소크라테스 (88~91쪽)

88쪽 발단 요약 1 소크라테스, 아테네, 철학자에 ○표
2 건축가, 철학자

전개 요약 1 자기에게 질문하고 답하게, 스스로, 진리에 ○표 **2** 영어, 진리

발단·전개 요약 3 스스로

89쪽 절정 요약 1 누명, 사형, 진리를 실천에 ○표
2 병원, 감옥

결말 요약 1 제자, 철학자들, 영향에 ○표 **2** 조상, 제자

절정·결말 요약 3 사형

1 (2) 2 (3) 3 (4) 4, (1) 아테네 (2) 질문 (3) 사형　**2** 발단, 절정에 V표, 예 그리스 아테네에서 태어난 철학자예요, 예 법을 지키려고 사형을 받아들여 진리를 실천했어요

1 (1) → (2) → (3) → (4)의 차례로 이야기가 이어집니다. 소크라테스는 질문하고 답하며 스스로 진리를 깨닫게 했습니다. 그는 누명을 쓰고 감옥에 가서 법도 약속이니 약속을 지켜야 한다며 사형을 받아들였습니다.

2 채점 기준을 참고하여 채점합니다.

채점 기준	
상	글 ❶, ❸ 모두 글의 구조를 찾고 중심 내용을 전체 내용과 자연스럽게 연결하여 쓴 경우
중	글 ❶, ❸ 가운데 일부만 글의 구조를 찾고 중심 내용을 전체 내용과 자연스럽게 연결하여 쓴 경우
하	글 ❶, ❸ 모두 글의 구조와 중심 내용을 찾지 못한 경우

1 (2) ○표　**2** (1) 진리 (2) 제자 (3) 누명 (4) 철학자

1 소크라테스는 변명을 하지 않고 법을 존중해서 사형을 받아들였습니다.

2 제시한 뜻에 알맞은 낱말을 찾아 쓴 경우 정답입니다.

20일 제인 구달

92쪽 발단 요약　**1** 제인, 어릴 때, 동물에 ○표

2 식물, 동물

전개 요약　**1** 아프리카 밀림, 침팬지 연구, 관찰에 ○표

2 호랑이, 침팬지

발단·전개 요약　**3** 관찰

93쪽 절정 요약　**1** 침팬지가 사람과 비슷, 도구를 사용, 발견에 ○표　**2** 모른다는, 사용한다는

결말 요약　**1** 제인 구달, 동물 보호, 자연 보호에 ○표

2 도시, 자연

절정·결말 요약　**3** 동물

1 (1) 2 (2) 3 (4) 1, (1) 밀림 (2) 도구 (3) 보호　**2** 발단, 결말에 V표, 예 동물을 좋아했어요, 예 동물 보호와 자연 보호에 앞장서고 있어요

1 (4) → (1) → (2) → (3)의 차례로 이야기가 이어집니다. 제인 구달은 아프리카 밀림에서 침팬지가 사람과 비슷하며 도구를 사용한다는 사실을 발견했습니다.

2 채점 기준을 참고하여 채점합니다.

채점 기준	
상	글 ❶, ❹ 모두 글의 구조를 찾고 중심 내용을 전체 내용과 자연스럽게 연결하여 쓴 경우
중	글 ❶, ❹ 가운데 일부만 글의 구조를 찾고 중심 내용을 전체 내용과 자연스럽게 연결하여 쓴 경우
하	글 ❶, ❹ 모두 글의 구조와 중심 내용을 찾지 못한 경우

1 (4) ○표　**2** (1) 도구 (2) 밀림 (3) 주의 (4) 영향

1 40년 동안 침팬지를 연구한 행동으로 보아 제인 구달은 끈기 있는 성격입니다.

완성 단계 5주차

21일 아인슈타인 (98~101쪽)

98쪽 발단 요약 **1** 아인슈타인 **2** 물리학자

전개 요약 **1** 상대성 **2** 시간

발단·전개 요약 **3** 공간

99쪽 절정 요약 **1** 과학 **2** 평화

결말 요약 **1** 과학 **2** 이바지

절정·결말 요약 **3** 무기

요약하는힘 쑥쑥 100쪽

1 (1) 3 (2) 4 (3) 2 (4) 1, (1) 과학 (2) 물리학자 (3) 공간 (4) 독일 **2** 전개, 절정에 V표, ㉠ 시간과 공간에 대한 생각을 뒤흔드는 '상대성 이론'을 발표하여 사람들을 놀라게 했어요, ㉠ 평화를 만드는 데 써야 한다고 생각하고 국제기구를 만들었어요

1 (4) → (3) → (1) → (2)의 차례로 이야기가 이어집니다. 아인슈타인은 '상대성 이론'을 발표한 위대한 물리학자이며 평화를 외친 사람입니다.

2 채점 기준을 참고하여 채점합니다.

채점 기준	
상	글 ❷, ❸ 모두 글의 구조를 찾고 중심 내용을 전체 내용과 자연스럽게 연결하여 쓴 경우
중	글 ❷, ❸ 가운데 일부만 글의 구조를 찾고 중심 내용을 전체 내용과 자연스럽게 연결하여 쓴 경우
하	글 ❷, ❸ 모두 글의 구조와 중심 내용을 찾지 못한 경우

독해하는힘 쑥쑥 101쪽

1 (1) ○표 **2** (1) 관찰 (2) 원자 폭탄 (3) 이론 (4) 국제기구

1 아인슈타인은 '상대성 이론'을 발표하여 과학 발전에 이바지했을 뿐만 아니라 '상대성 이론'을 무기 만드는 데가 아니라 세계 평화에 써야 한다고 외쳤습니다.

2 제시한 뜻에 알맞은 낱말을 찾아 쓴 경우 정답입니다.

22일 톨스토이 (102~105쪽)

102쪽 발단 요약 **1** 러시아 **2** 문학가

전개 요약 **1** 농민 **2** 고향

발단·전개 요약 **3** 도움

103쪽 절정 요약 **1** 평화 **2** 작품

결말 요약 **1** 문학가 **2** 실천가

절정·결말 요약 **3** 문학가

요약하는힘 쑥쑥 104쪽

1 (1) 2 (2) 1 (3) 4 (4) 3, (1) 고향 (2) 러시아 (3) 실천가 (4) 평화 **2** 발단, 전개에 V표, ㉠ 러시아를 대표하는 문학가예요, ㉠ 고향에서 농민들에게 도움을 주는 활동을 했어요

1 (2) → (1) → (4) → (3)의 차례로 이야기가 이어집니다. 톨스토이는 러시아를 대표하는 문학가이자 농민들과 더불어 살았던 실천가입니다.

2 채점 기준을 참고하여 채점합니다.

채점 기준	
상	글 ❶, ❷ 모두 글의 구조를 찾고 중심 내용을 전체 내용과 자연스럽게 연결하여 쓴 경우
중	글 ❶, ❷ 가운데 일부만 글의 구조를 찾고 중심 내용을 전체 내용과 자연스럽게 연결하여 쓴 경우
하	글 ❶, ❷ 모두 글의 구조와 중심 내용을 찾지 못한 경우

독해하는힘 쑥쑥 105쪽

1 (3) ○표 **2** (1) 대표하다
(2) 평화 (3) 권리 (4) 잡지

평	작	품	실	대
화	역	농	천	표
농	사	민	가	하
잡	더	불	어	다
지	권	리	귀	족

1 톨스토이는 농민들의 목소리를 귀 기울여 듣고 농민들을 위한 활동을 벌였습니다.

2 제시한 뜻에 알맞은 낱말을 찾아 □표 하고 낱말을 쓴 경우 정답입니다.

23일 마틴 루서 킹
106~109쪽

106쪽 발단요약 **1** 흑인 **2** 미국
전개요약 **1** 차별 **2** 버스
발단·전개 요약 **3** 흑인
107쪽 절정요약 **1** 연설 **2** 감동
결말요약 **1** 노벨 **2** 평등한
절정·결말 요약 **3** 연설

요약하는힘 쑥쑥 108쪽

1 (1) 4 (2) 3 (3) 1 (4) 2, (1) 37세 (2) 흑인 (3) 흑인 (4) 법 **2** 발단, 전개에 V표, 예 미국 남부에서 태어나 어릴 때 흑인 차별을 느꼈어요, 예 '버스 안 타기 운동'을 벌여서 흑인 차별 법을 바꾸었어요

1 (3) → (4) → (2) → (1)의 차례로 이야기가 이어집니다. 마틴 루서 킹은 흑인 차별 법을 고치고 평등한 세상을 만들려고 노력했습니다.

2 채점 기준을 참고하여 채점합니다.

채점 기준	
상	글 ❶, ❷ 모두 글의 구조를 찾고 중심 내용을 전체 내용과 자연스럽게 연결하여 쓴 경우
중	글 ❶, ❷ 가운데 일부만 글의 구조를 찾고 중심 내용을 전체 내용과 자연스럽게 연결하여 쓴 경우
하	글 ❶, ❷ 모두 글의 구조와 중심 내용을 찾지 못한 경우

독해하는힘 쑥쑥 109쪽

1 (2) ○표 **2** (1) 이끌다 (2) 평가 (3) 차별 (4) 연설

1 마틴 루서 킹은 모든 사람들이 차별 없이 평등하게 사는 세상을 바라고 실천했습니다.

2 같은 색의 글자 카드를 연결해 뜻에 알맞은 낱말을 쓴 경우 정답입니다.

24일 만델라 110~113쪽

110쪽 **발단요약** 1 흑인 2 백인

전개요약 1 법 2 차별

발단·전개 요약 3 지도자

111쪽 **절정요약** 1 편지 2 평등

결말요약 1 어울려 2 남아프리카

절정·결말 요약 3 대통령

요약 하는 힘 쑥쑥 112쪽

1 (1) 4 (2) 1 (3) 3 (4) 2, (1) 남아프리카 (2) 흑인 (3) 27년 (4) 지도자 2 절정, 결말에 V표, 예 감옥에서 백인과 흑인이 평등하게 살게 도와 달라는 편지를 썼고, 27년 만에 감옥에서 풀려났어요, 예 흑인 대통령이 되어 백인과 흑인이 어울려 사는 남아프리카를 만들었어요

1 (2) → (4) → (3) → (1)의 차례로 이야기가 이어집니다. 만델라는 남아프리카에서 흑인들이 차별받지 않는 평등한 세상을 만들려고 노력했습니다.

2 채점 기준을 참고하여 채점합니다.

채점 기준	
상	글 ❸, ❹ 모두 글의 구조를 찾고 중심 내용을 전체 내용과 자연스럽게 연결하여 쓴 경우
중	글 ❸, ❹ 가운데 일부만 글의 구조를 찾고 중심 내용을 전체 내용과 자연스럽게 연결하여 쓴 경우
하	글 ❸, ❹ 모두 글의 구조와 중심 내용을 찾지 못한 경우

독해 하는 힘 쑥쑥 113쪽

1 (4) ○표 2 (1) 지도자 (2) 고통 (3) 맞서다 (4) 화해

1 만델라는 27년 동안이나 감옥에 있으면서도 평등하고 평화로운 세상을 만들려고 노력했습니다. 남아프리카 대통령이 되어 백인과 흑인이 어울려 사는 남아프리카를 만들었습니다.

25일 빌 게이츠 114~117쪽

114쪽 **발단요약** 1 미국 2 컴퓨터

전개요약 1 엠에스도스 2 베이직

발단·전개 요약 3 개발

115쪽 **절정요약** 1 컴퓨터 2 윈도

결말요약 1 억만장자 2 나누는

절정·결말 요약 3 컴퓨터

요약 하는 힘 쑥쑥 116쪽

1 (1) 2 (2) 3 (3) 4 (4) 1, (1) 마이크로소프트 (2) 편리하게 (3) 억만장자 (4) 미국 2 절정, 결말에 V표, 예 누구나 컴퓨터를 쉽고 편리하게 사용할 수 있게 '윈도'를 개발했어요, 예 억만장자가 되어 어려운 사람을 도우며 나누는 삶을 살았어요

1 (4) → (1) → (2) → (3)의 차례로 이야기가 이어집니다. 빌 게이츠는 마이크로소프트 회사를 세워서 누구나 쉽고 편리하게 사용할 수 있는 프로그램인 '윈도'를 개발하였습니다.

2 채점 기준을 참고하여 채점합니다.

채점 기준	
상	글 ❸, ❹ 모두 글의 구조를 찾고 중심 내용을 전체 내용과 자연스럽게 연결하여 쓴 경우
중	글 ❸, ❹ 가운데 일부만 글의 구조를 찾고 중심 내용을 전체 내용과 자연스럽게 연결하여 쓴 경우
하	글 ❸, ❹ 모두 글의 구조와 중심 내용을 찾지 못한 경우

독해 하는 힘 쑥쑥 117쪽

1 (4) ○표 2 (1) 다루다 (2) 억만장자 (3) 개발 (4) 명령어

1 빌 게이츠는 사람들이 쉽고 편리하게 사용할 수 있는 컴퓨터 프로그램인 '윈도'를 만들었습니다.

2 제시한 뜻에 알맞은 낱말을 찾아 쓴 경우 정답입니다.